# 私は百歳

生と死を見つめた女医の一世紀

小林清子

栄光出版社刊

# まえがき

前作の「ありがとうございました」は、私としては最後のつもりで、お世話になったかたがたへのお礼の意味を込めて出版しました。

その後もあっちへ転び、こっちへ転びながらも毎日の執筆は続けてくることができました。そして、本当に最後になるはずの一冊として本書を出版しました。

平成二十一年に、私は数え年でちょうど百歳を迎えます。多くのかたがたに支えられ、何とか百歳まで生きてこられたことはありがたいことです。

私と共に過ごす猫たちや動植物との心のふれあいが、創作活動を続けられる強い力となっております。

九十七歳から今日まで、老いていく老婆の繰り言を正直に書くことによって、この本が少しでもお役に立つことができれば、著者としてこんなにうれしいことはありません。

平成二十年十月

著　者

# 私は百歳

―生と死を見つめた女医の一世紀―

## 長生きとは

あと三ヵ月で九十七歳になろうとしているが、私は長く生き過ぎた。頼りにしていた私より若い人が次々に病気になり、がっかりしている。

三十何年も庭の草とりその他、外周りの事をしてもらっていた人が心臓を悪くしたとか、猫を預かっている上にあれこれと身近な事を相談した人は脳梗塞となり歩けなくなったし、私は心筋梗塞となり動悸、息切れ、その上に足がもつれて歩けない。

一番困るのは十年くらい前に私の死に水をとってもらう約束をした七十代の人が度々風邪を引くし胃潰瘍にはなるし、私をとり巻く役に立つと思っていた人が皆半病人のようになってしまった。心細い限りである。私は亡夫のように九十二歳あたりで死ぬと思っていたのに長く生きてしまった。知人の舅の素人判断で、百まで生きると言われたことが実現しそうで困っている。

（二〇〇六・一一・二四）

この四、五日頭がまわらなくなり、新聞に一応目を通すものの、これはと思う記事はなく、そのまま畳んでいる。

読まなくてはと思う本は何冊もあり、それを短く紹介したいものもかなりあるのに、読もうと思う気持ちになれない。

＊

前にも何度も書いたかと思うが、わが家は十枚も一気に閉めなくてはならない雨戸などが多数あるが、私は四十キロに痩せて骨に皮膚をはりつけたようになり力がなくなり、開け閉めが出来なくなり、朝七時に来て戸を開けてもらう人、夕方四時に来て戸を閉めてもらうヘルパーさん等はまことによく出来た人で大助かりである。よい人に出会えて仕合わせである。

私は医者なのでありのままの体の現象を書きたいと前々から願っていたが、いざとなると憚りたくなる点もある。鼻は四、五年前より嗅覚を失い、目は老眼鏡を使っても見えないのでその上に拡大鏡を使っているが画の多い字ははっきり見えない。口を固く閉じていてもどこからか唾が流れ出す。耳は補聴器を使っている。声だけは大きくはっきりしているので、御元気そうね、と皆さんに言われる。しかし、動悸、息切れ、腰痛で、外は杖なしでは歩けない。あわれな老婆であるが、髪だけはどうしたわけか未だに白髪ではない。

一番困ることは便所まで十歩くらいなのに、たまにおもらしをすることである。皆様も八十歳九十歳になられると、いつか何かで読んだような気がする、と思い出して下さると思う。

どこまで呆けるかと楽しみにしているが、呆けたら本人にわからないので、どうしようもない。


（二〇〇六・一一・二七）

＊

今日も朝から眠い、眠っても眠ってもまだ眠い。頭がまわらない。

そこで三橋敏雄先生の句集を、持っているもの全部を読み通し、俳句の勉強をしようと考えた。ところが三橋先生の本が見つからない。どういうことなのであろうか。仕方なく四月からの朝日新聞の大岡信氏の「折々のうた」の切り抜きを読むことにした。


（二〇〇六・一一・二九）

# もうすぐ九十七歳

十月頃までは書こうという事が次々に頭に浮かんだのに、急にその意識がどこへか消えてしまった。これが呆けの始まりというものかも知れない。

去年は泊まりこみの人にいてもらったが、私は何もすることがないので呆けてしまうと思い、今年は一人で煮炊きをして台所でよろめきながら働いているのに、書く元気がなくなってしまった。悲しいことである。

有名な随筆家の晩年の文がないのは、こんな現象なのかも知れない。

俳句の仲間に無理をお願いして月に一回集まってもらっていても、名句は浮かばず、誰にも拾われない有様である。

少し動けば動悸、息切れがして苦しいし、転んで頭と腰をしたたかに打ち、腰痛に苦しんでいるし、一昨年は入院手術をして入退院を繰り返し、足を使わなかったためか外は杖なしでは歩けないし、体中、よい所はほとんどない。夜中に心筋梗塞の大発作が起こらないものかと思いながら、薬はきちんと飲んでいる。おかしな生活である。

（二〇〇六・一二・八）

*

今度出す本の原稿もまだ読み残しているのに活字を見る気になれず、何も手につかず、ぼんやりしている。

朝食の後も眠いし夕食の後も眠い。何もしないで眠りたい。いよいよ、なまけ者になってしまったようである。

（二〇〇六・一二・一五）

## 今日と言う日

午前中は陽が射していたが午後曇った。朝、足を動かして歩こうとするが、足が前へ進むのをいやがる。のろのろと前進。

少しも空腹を感じない。半分残して朝食をすませる。蛤の味噌汁なのに貝の中味はやせ細っていて、貝の旨味などどこにもない。

土、日に泊りがけで来ることになっている兵さんがもう一ヵ月も見えない。風邪と言っていたのにどうなっているのであろうか。私より二十歳も若いのに。死後の処置などを頼んだ時はまだ若かったが、十年もたつと互いに年をとるし、第一私が八十歳あたりで消えれば万事うまくいったのに、いつの間にか九十七にもなろうとしている。はっきりした声で元気そうと思われているらしいのが、私としては悲しいのである。

午後四匹の猫と庭の散歩がてら鯉に餌を。冬眠したかと思っていたが、昼は暖かいので動いている。

郵便配達の人、私が眼の前にいるのに、今日は、の声もかけず、すたすた行ってしまう。こちらは御苦労様と言っているのに。また近頃の若者は、と書きたくなる。

十二月十六日に本当は、と書きかけて何を書こうとしたのか忘れてしまった。小ヶ倉さんが肩のあたりの骨折で入院されたと室井さんの便りから知る。さぞ痛かったことで、何も出来なくて困っていらっしゃるであろうと同情する。

（二〇〇六・一二・一六）

*

今日は何かの手違いで朝、戸を誰もあけに来ない。仕方がないので休み休み、まるでお姫様のように一枚雨戸をあけては休みという具合にあけはじめる。十枚もあるので最初を上手に入れないと入りきらないので力がいる。

けれども誰も来ないと思うと気が楽である。曇りなので半分明けて半分残すことにする。植木鉢にかけてある新聞も陽が射しそうにもないのでそのままにする。

昼頃文芸四季来る。皆さんの力作を読む。二十年も勉強したので皆様御上手なこと。

（二〇〇六・一二・一七）

*

久しぶりにカップ麺を食べる。量は多いしおいしくないので残してしまう。

夜が明けるのが遅くいつまでも暗い。二十二日が冬至である。

一年ぶりに六者会談が開かれたが、話は進行しなかったらしい。私はそのうち米国から戦をいどむのではないかと思う。ベトナム、イランの時のように。そうなったら日本はどうなるであろうか、考えるだけでも身の毛がよだつ。

老人は年金だけでは食べてゆけない。私も食べてゆけない。老人をこうまで追いこむようにしたのは誰であろうか。苦しい生活をしたことのない上つ方が揃ったからであろうか。

（二〇〇六・一二・二〇）

＊

昨日も今日も好天気、日差しが暖かい。敷布団を一ヵ月ぶりに取り換えることが出来た。今年は例年より暖かいのか、本名は知らないが匂いがよいので私は勝手に匂水仙と呼んでいるのが見事に開いた。寒いのによく咲いたわね、とほめる。

水仙には思い出がある。この水仙ではないが、十本ばかり春先に咲く八重の水仙が見事に咲いたので、ある人に水仙をどうぞとすすめたところ、その人は情容赦もなく花を全部切りとってしまい、ありがとうとも言わなかったように覚えている。私が切って渡せばよかったのであろうか。いまだに水仙の花が咲くと思い出す出来事である。

以後私は水仙を千両の根締めにすると赤と白できれいよね、千両を四、五本、水仙も四、五本どうぞと言っている。

暗くなりかけた頃、色々と私の世話をやいて下さる吉田節子さんが私の好きな握り寿司や御自分で作られた煮物を数種類も持って来て下さった上に、私の好みの色の上衣もいただく。私は吉田さんに何をして差しあげたであろうか、私はいつも抱っこにおんぶと甘えている。
クリスマス・イヴを楽しく二人で談笑出来て、本当に嬉しいことであった。吉田さん、ありがとうございました。

（二〇〇六・一二・二四）

＊

「医療費抑制、七十五歳以上対象の治療報酬」と新聞に。年齢の高い患者ほど医療費がかかる事になっていたのが制限され、何度医療を受けても一定以上は払う必要がなくなったのか、その反対で給付が制限されてしまうのか、文章が曖昧ではっきりしない。
陽は照りつけているのに、霜柱が立ち凩が冷たい。私の散歩に猫四匹は何があってもついて来る。かわいいものである。床の間を便所と心得ているらしいので、外へ追い出しても部屋へ入りたいらしく、何度も部屋を覗いている。遂に負けて入れてやる。

（二〇〇六・一二・二九）

# 平成十九年

今年になって手も足も力がなくなったのか、重くて台所から部屋へ食事を運べなくなった。その為、台所で食べることにする。

八月の句会は楽しい会であった。いつまで続くやら。

今日より防衛省となる。これが何を意味するか。とにかく平和であってもらいたいと願うのみである。


（二〇〇七・一・九）

＊

歩こうとしても足が前に出ない。いつかは歩けなくなるような気がする。

廊下を温室代わりにしているシンビジューム、蟹葉サボテンその他、寒さを嫌う植木鉢の陽あたりを悪くしている、遥か離れた庭のヒマラヤ杉を少し切ってもらおう。

午後五時頃より右へよろめき、ふらふらがひどくなる。夕食のスキヤキを作りながら、これが食べ納めか、今晩死ぬかも知れないと思いつつ肉をつつく。

やっと部屋に帰りみかんを食べながらテレビを見る。夫殺しの妻のことを話している。切りきざんで頭をカバンに入れて持ち歩いたとか、考えられない行動である。人間はどこまで残忍になれるものなのであろうか。

（二〇〇七・一・二二）

## 庭の模様換え

もう何年になるであろうか、桜の枝に密生した小枝ができたのは。桜の病気かなと思いながらも私も植木屋もそのままに放置していたが、今年近所の人に桜の木のこと植木屋さんは気がつかないのかしら、と言われてしまった。私としてはその旨、植木屋さんに伝えざるを得なくなった。

桜の木の異変は、テングス病にかかったとのこと。細菌によって広がるという。枝の先についているのを上手に取り除いている。今年の花見は、見事なことと思うので楽しみである。

一方、庭の西の端のヒマラヤ杉が年毎に伸びて三十メートルはある。その周囲は竹薮で、竹はヒマラヤ杉に負けまいと伸びに伸びている。この二種類の木の為に廊下は十時過ぎになると日陰になり、廊下に並んである植木類に陽が当たらなくなりかわいそうなので、何とかしてもらうように植木屋に頼んだ。

植木屋は、ヒマラヤ杉の天辺まで上手に登り先端から十メートル切り落としたという。少し不格好ながらも陽は当たるようになった。

竹も何本伐ったであろうか、廊下から眺めるとスケスケになった。竹は四月頃にょきにょきと頭を持ちあげるので、筍掘りの御案内やら、お裾分けやら忙しくなる。

廊下の陽当たりがよくなり鉢物は喜んでいることであろう。今年は暖冬気味で池の鯉は冬眠しないので、毎日餌を与えている。地球は温暖化で世の中はどうなっていくのであろうか。何事もなければよいが。

（二〇〇七・一・一八）

# 誕生日

いつの間にか九十七歳になっていた。私自身はあちこちが痛いので早く消えたいと思っているのに、思うようにはいかない。老いた時は、死に際の世話をしてもらうつもりであった人が、それなりに老いて、家で死にたいと言っていたのに、入院せざるを得なくなったらしい。

玄関の郵便入れから新聞を取り、杖を頼りによっこらしょとあがろうとした時、どうした事か玄関の畳一畳のたたきの上に叩きつけられ頭をしたたかに打った。何とか起き上がれたが、左中頭部に皮下出血を起こし、ぶよぶよして来たので、氷嚢をおき、帽子をかぶった。これで、三回も玄関で転んだことになる。気をつけていても、どうすることも出来ない。

人のことはいろいろ言えても、いざ自分が老いて来ると理想通りには絶対ならない。自分が老いてみなければわからないことである。

楽しくて楽しくてたまらないと日を過ごしている人は少ないであろう。したいと思うこと、してもらいたいと思うことが叶う人は少ないのではあるまいか。

私は朝夕の雨戸の明け閉めを、介護の人に頼んでいる。その度、朝、夕は話をすることが出来るが、昼間は猫に向かって話しかけるより外に口を利くことはない。

文章を書いたり、俳句、短歌をひねくったりが思うにまかせない。しかし、自分の食べるものは自分で作っている。まずくても我慢している。

（二〇〇七・二・一二）

## 三本足となる

二月になって、今までもよろめき、何かにつかまりたかったことが度々あったが、殊更に倒れそうになったので、室内でも右手に杖を持つことにした。左手はきき腕ではないので、危なかしいのである。

台所から食事を運ぶことが出来なくなった。右手に杖を、左手に膳を持つが、こぼれそうになるので手が三本欲しいところである。

夜は九時頃ベッドに入り、一時頃目が覚めるともう眠れないので、テレビを見ながら時間を過ごし五時頃起きる。七時には雨戸をあけてもらう人が見える。霜柱の立っている道を自転車で来てもらうので、熱い茶を提供するために湯をわかす。太陽の昇る前が最低温度というが、本当に寒い。

先日、眼鏡入れをいただき眼鏡は決まっている眼鏡入れに入れることにしたので、眼鏡、眼鏡と探し回ることはなくなった代わりに、今度は杖をどこへでも置き、杖は杖は、と目下探し回っている。

昨日も今日も冬うららで、縁側一杯の陽ざしを受けて、小机と椅子でこの原稿を書いている。

十一時近くなったので猫が外で歩きましょうと顔をのぞかしている。風もなくおだやかな立春である。さあ散歩をしようね。

小一時間かけた散歩の終わり頃、短歌の友達が毎日新聞を読んでいる人で、毎日俳句が出ていたと持って来て下さる。ありがたいことである。

一月末に国民新党の綿貫代表が「女性は子供を産む機械」と発言した柳沢厚生労働相の辞任を、安倍首相に要求することを決めたが、首相は応じなかった。大臣たるものがどうしてこんな発言をするのであろうか。私の考えからすると、男はすべて一皮むけばこのような気持ちを女に対して持っているように思えてならない。

二月二日の新聞によると、敬語の使い方を細かく分類したようである。若い人は敬語の使い方に不案内で、使わなくてもよい所で使ったり、使うべき所に使わなかったりと、聞いているとおかしくなる。上手に使えるようになるには時間がかかるのであろう。

二月になってからであろうか、はっきり覚えていないか、生まれてより今までに私の傍にいて下さった人の顔が順序不同に現われて、消える。こまかくは覚えていないが、親切にされたり、意地悪をされたことは忘れていない。もう間もなく死を迎えるのに、何故このように大勢の人が現われるのであろうか。何かをし残しているのであろうか。夢ででも教えてもらいたいものである。

廊下の障子にうすい影がうつり、すぐに消えてしまう。私の頭の後からざっと光がさし瞬間に消えてしまう。私は幻覚と思っているが、なぜ見えるのかわからない。誰かが何かを伝えたいと思っているのであろうか。この不思議の謎の解けないうちに、又は謎が解けてから私は消えるのであろうか。毎日それを考えて昼の一人の時間を過ごしている。

(二〇〇七・二・一四)

＊

昨日より今朝は足の運びが悪くなった。杖を離すと転びそうになる。持ち運ぶことが出来ぬから、朝食も台所で済ます。ゆっくり食べているのに食道の上の方から下へ落ちてゆかない。

いよいよ今日中に入院ということになるかも知れない。猫と別れるのが辛い。猫はどこへ連れて行かれるか、或いは殺されるかも知れない。かわいそう。生き物は必ず別れがあるから養うものではない。

涙で目はうるむし、涙は出るし、涎も出るし見られた姿ではないが、これが老いというものなのでどうにも仕方ない。

花盛りの椿の枝に小鳥が来て蜜を吸っているのであろうか、大きく枝がゆれている。

猫のチビちゃんが硝子戸の外で泣き、入れてやると十分餌を食べて出て行った。

下の庭に目をやると昨日まで気付かなかった山茱萸の花が咲き始めたのが黄色く見える。

雪柳の芽も少々伸びた。寒い寒いと言っていても春は日毎に深くなっているのに、私はやせたので身がなくなり寒い寒いと言っている。一昨日も昨日も、時間がなくて猫と散歩が出来なかったが、今日はのろのろと一時間庭を歩く。篁では竹が折れて通せんぼをしている。

ますます歩行困難になった。足湯につかってみるが効果があるであろうか、気持ちのよい事はよいが。足のマッサージをしたらよいかも知れない。

会話の途中で言葉が出て来ない事が度々あり、何のことやら相手にはわからないらしい。何しろ主語が出て来ないのであるから。

（二〇〇七・二・一六）

＊

今朝は曇っていて寒い。いつも五時に起きて湯を沸かし、朝食の準備をする。今まで気がつかなかったが、起きた時に身支度をして二時間は寒いとは思わないのに、七時頃になると急に背中から腰から寒さがじんわりと這い上がって来る。その原因を今日は見つける事が出来た。胃袋が空になっているので寒いのであろうと。七時頃一緒に茶を飲んでいるだけでは寒いわけで、一人で先に茶を飲むことにした。茶腹も一刻と言うが、適切な言葉であった。

今、テレビでは「千の風」という詩について論を交わしている。幼いいとし子を殺された親が、子供は千の風となって上空を吹き漂っているという詩に慰められている。

何も知らぬ若いお役人が決めた事なのか、尿の検査をする必要なしと、昨夏公表されたことが、今年四月から必須項目にまた入れられる事になったの報に私は安心した。必要、不必要等の重大なことは専門家に任せるべきではあるまいか。これに限らず世の中がこのように簡単に決められているようである。国家の乱れの一部を見せつけられたようで空恐ろしい。

（二〇〇七・二・二〇）

＊

暖かく日は燦々、一時間かけて庭一周。

亡き夫の歩きし庭に蕗の薹《とう》

死刑囚が百人にもなったという。大臣は自分の時に、死刑を執行したくないのであろう。私も死刑反対である。死んでもらわないで、罪を悔いて命のある限り殺した人の供養をしてもらいたいのであるが、生きていれば宿舎、食費と費用がかかり国は困るだろう。結局は殺人の起こらない世の中にするしかないと思う。

（二〇〇七・二・二二）

# むじな？

先日、杖を一ふりし次に足を二歩出すという、あわれな歩き方をして廊下を歩きながら、右側の廊下の外を見てぎょっとした。

今迄、動物のお化けを見たことはないが、今、目の前で猫の残りの餌を食べているものはけだもののお化けかと思った。

小さい犬の大きさでやせて、五センチほどの長さのまばらに生えた体毛から肌がすけて見える顔の細い動物で、目が合った瞬間に、どこかに飛んで逃げて行った。

またそのうち食べに来るであろう。私の楽しみが増した。今朝、餌入れが下へ落ちていたのはこの動物の仕業だったかも知れない。

翌日八時過ぎ猫の餌場で、猫二匹と昨日のお化けむじなが坐っている。餌を投げてやると顔の長い細長い首のむじなは食べないでどこかへ行ってしまった。こんなにも痩せてお化けのようになり、よくもわが家へ辿りつけたものである。

その日は現われなかったが、二、三日後、下の道へ下りる石段のところで出会ったが、どこかへ走って逃げた。それから一週間見えない。どこかで死んだのであろう。かわいそうに。

（二〇〇七・三・一）

＊

歩こうとするのに足が前へ出ない。段々と歩けなくなるのであろうか。家の中も杖がなくては絶対に歩けなくなった。十一時頃、猫をつれていつものような庭の散歩。庭を一周出来なくて半分でやめる。

明日は目黒から足をもみに来てもらうので体がくさくてはと入浴する。いざ出ようと立ち上がった時浴槽の中でふらふらする。こんなことは初めてなので驚く。漸く部屋へたどりついたが、幸いにも何事もなかった。

（二〇〇七・三・八）

＊

九時頃あんまさんが見える。念入りに両足を治療してもらう。絶対にすらすら歩けるようになると言われるが、ほんとうかしら。

猫と表の庭は歩いたが、裏の庭は六、七段石段を下りなければならないのでやめる。

段々と悪くなるのはあたりまえと思うけれど、寂しく悲しい。（二〇〇七・三・九）

＊

六十二年前の昨日から今朝にかけて東京下町に大空襲があり死者十万人も出た。当時は女子医大病院にいたので、どんどん患者が運ばれて来て図書室までも病室に変わったことを思い出す。大々的な空襲の始まりであった。

昭和天皇は、戦争の事について苦労され、陸海軍の思いのままの戦いに、心を悩まされたらしい様子が、侍従の日記の発表により明らかにされた。どうにもならなかった日本の運命だったかも知れないが、陸軍の東条英機大将を何とか出来なかったものかと残念でたまらぬ。

庭をゆっくり一回りをする。少し元気になれたようである。

むじなが餌を食べている。毛がふさふさとゆれており痩せていない。すると毛の少ないのと多いのと二匹が来ているのであろうか。毛の少ないのは見えなくなったので、どこかで死んでいるのかも知れない。もっと早く来れば食べさせてやったのにと残念でたまらぬ。肥った方は毎日のように餌を食べに来ると、家の四匹の猫は餌を食べていてもやめて、どこかに逃げてしまう。むじなは一匹で餌を食べている。家の四匹は優性手術をうけているので雄が二匹もいるのに性質が弱くなっているようである。

むじなは長い顎を利用して餌皿をくわえて運ぶらしく、近頃は皿が遠くへ運ばれているようになった。

今日、下の庭でむじなが遊んでいた。元気なのである。これからを観察したい。

（二〇〇七・三・一〇）

＊

朝からぼんやり庭と空を見て過ごしていたが、十一時に庭を一時間かけて一巡り。漸く四時過ぎてこれを記録にと書いている。雪柳が咲きみちたし、諸々の木の芽がそろそろ動き出したが、白木蓮と辛夷の花が咲かない、枯れたのであろうか。

一年のうち何本かは枯れ、新しい木が芽ばえるのは自然の法則であろう。悲しい別れは仕方のないことのようである。

（二〇〇七・三・一一）

＊

四、五日朝晩は寒く、霜が降り霜柱も出来るし昼間は北風が冷たい。時には雪が舞うという冬への逆戻りで、私は寒い寒いと綿入れを着ている。

毎日、足の動きが悪くなり、いつ前へ出なくなるか、便所へ行かれなくなるかと気をもむ。色々な人が入院しない方がよいと言って下さるし、どうしたらよいのか迷ってしまう。又、黄水仙をとって来て、どこへおいたかと探しまわる。あきれたものである。

「ありがとうございました」と題する今度出版する本の最後の校正をしているが、読みながら内容をすぐに忘れて、前にも書いたものではないかと不安になる。そんな事もあるかも知れない。もしあったらおわびしたいと思っている。

（二〇〇七・三・一八）

＊

まあまあの日を何日か過ごしたが、今朝は足が前に出ないのをやっと出して歩いている感じ、それに右鼠頸部の関節がぽきんといったようで痛み、余計歩くのに骨が折れる。

朝からだるくて何もしたくなく、居眠りがしたい。今朝は雨のせいかも知れない。近頃雨が降らないので、ありがたい大降りで十分植物は喜んでいるであろう。

昼過ぎ雨やむ。少し元気が出て最後に少し残った校正をする。もうこれで本にしたいものである。

（二〇〇七・三・二五）

＊

朝から好天気、そのためか昨日よりは気分よく足もあまり重くなく前に出る。室内は杖なしで歩きたいものである。

昨日は、能登半島大地震、大事件だったのに呆けとは悲しいもの、書くのを忘れるところだった。日本はいつどこで地震が起こってもおかしくない国、明日にも関東が、と心の準備はしている。

（二〇〇七・三・二六）

＊

今日が一番苦しい。歩こうとしても足が前へ出ない。漸く作った朝食を食べようとするが二、三度飲み込んだ御飯が喉につかえて入らぬので、二口三口食べただけでやめにする。これ以上痩せられない程に痩せたのによく生きていられるものと思うが、生きていられるのである。

（二〇〇七・三・二七）

＊

昨日はこの世の終わりかと、入院しなくては駄目かと思ったが、今日は気分よく杖をついて歩ける。昨日整形外科往診、櫻井さん来訪す。

庭を一周する。右腰骨がひどい痛み。

老鶯の鳴きつつ何処飛びゆきし
銀翼をひからせ群れとぶ尾長鳥

（二〇〇七・三・二八）

＊

「アルツハイマー原因物質除去ワクチン開発、マウスで名大など」と大見出して新聞一面に。本当なら一大発見である。若年認知症にも応用できるのであろうかと、それを望んでいる。

庭の桜は枝々がまだ賑やかではない。例年通りに四月開花であろうか。今日は暖か、朝日がまぶしい。猫を連れて庭へ。強い陽ざしに、萎れはじめた鉢物に左手で杖を、右手でホースをもち撒水。力がいるので疲れる。

ヨーグルトを飲み、うどんでもと思ったがふらふらするのでやめる。

夕方桜一分咲きとなる。


（二〇〇七・三・二九）

＊

新聞一面記事に大きく「道徳、教科に格上げ」と目に飛び込む。今まで道徳の時間があるのかないのかと思っていたが、力をいれていなかったとわかった。今からでも遅くはないから子供に教えてもらいたいものである。

井出さんの御主人は亡くなられてから何日になるか、いつ葬いかと聞いてみると日曜日という。すると、一週間近くなるのではあるまいか。長い間、家で見守るとは切ないであろうに、どうしていらっしゃるやら、どんな思いで毎日亡き人と過ごしていらっしゃるかと思うだけでもせつない。

桜三分咲き。

目下咲いている花、水仙三種類、実のなる桃、犬ふぐり、スノードロップ、海棠、白木蓮、こぶし、木瓜、去年のシクラメン、たんぽぽ、すみれ。

高尾山は華の種類が多いので知られているが、わが家にも桜は大きい花の、濃い紫の花と二、三種類ある。

目下桜三分咲き、三月に咲くのは初めて。

皮下出血がよくなったので、久しぶりに洗髪。

（二〇〇七・三・三〇）

＊

ソロモン諸島沖で地震、マグニチュード8と大変なゆれであったが、津波は四メートルで大した事はなく、三人死亡数十人が行方不明となったという。島なので情報が入って来ないのでまだ真相がわからないらしい。

月一回の句会、六名出席。雑談半分でも楽しかった。ちょっと変わった幾何学模様の片手の花瓶に色の濃い薮椿が投げ入れてあった。その花瓶を珍しいものでも見るように、しげしげと見つめている玉木さん。どうも食指が動いているらしく、なんと変わった模様であるとかつぶやいている。

私は何も欲しいものはない。玉木さんの気にいったものなら差しあげたいと思い、ビニール袋と紙袋を用意して、会のおひらきの頃、持って帰ってもらうようすすめる。

花瓶の水を捨てて椿をそのままに持ち帰られた。珍しいものでもないのに玉木さんの目にとまり、花瓶はもらわれて行った。

（二〇〇七・四・二）

パラグアイで二邦人が誘拐された。法外な身の代金を要求されたらしい。無事に返されるであろうか。

（二〇〇七・四・三）

＊

雨の中を桜は美しく咲いている。桃も、待っていた筍一本二センチくらい頭を出している。毎年最初に出る場所で、これから筍狩りで忙しくなる。

（二〇〇七・四・四）

＊

スイッチを押してもガスこんろから炎が出て来ない。朝の時間なので気があせる。大中小と五個あるこんろの一つだけは素直に炎がつくのでそればかりを使っている。

炊飯器の蓋が少し口をあけた。

この炊飯器は曰くのあるもので、数年前の頃お手伝いさんが代わることになったが、新しい人は人の話によると大飯食らいとの事で、それまでは一合用だったが三合用を買った。

しかし、間もなくわけがあってお断りした。為にこの炊飯器はお蔵入りとなった。

私が入退院を繰り返した後、一合炊飯器のコードが焼けたので、俄かに長い眠りについていた三合のがひっぱり出されて活躍することになったが、一ヵ月も使わぬうちに蓋の中央部のハンダづけが少しはがれ隙間が出来たが電気は通じるらしく、おいしい御飯が毎日出来ていた。しかし蓋の隙間は日毎に増して三分の一にもなった。修理が出来るかと電気屋さんに見てもらうと出来ないという。仕方がないので一合用のを注文する。

ガスこんろも思うように動かず、見てもらうと部品がないので修理は出来ぬという。ガスこんろも炊飯器も寿命が来たらしい。それよりも何よりも私の命の終わりがいつやらわからぬ状態である。三者揃って危ない瀬戸際に立っている。品物は買うことが出来るが私の命だけは買うことは出来ず、いつ消えるかわからない。不思議な運命の三者をしみじみと比較して考えている春の夕暮れである。

（二〇〇七・四・六）

*

今日は両方の足を前に出すのに骨が折れる。明日は歩けないかも知れぬ。心配していた伊藤さんは病気だったとか。全快されたらしいが。

花は今が盛り、はらはらと散っている。夫を車椅子にのせて池の周囲を何回も回ってから何年になるであろうか。

花はわれかわれは花かや花吹雪

今、死ねばこの句が生きるのに、私はまだ死にそうもない。来年なのか、桜の頃でない時か。待ち遠しいことである。

公共事業で鼻息の荒かった連中も、予算の削減により、資金で行き詰まっている。頭の切れるある人が耕作を投げ出した土地に農業生産法人を作り、花や木、茄子等を作る等と農業に転じようとしている。収入も多いらしく素晴らしい考えのようである。

（二〇〇七・四・七）

＊

今日はお釈迦様誕生の日とされて、私は幼時甘茶をお寺へもらいに行った事を忘れない。九十七歳になった今は朝から眠くて眠くて甘茶どころではない。

はらはらと下の庭の桜の花が上の庭に飛んで来る。桃、桜と咲きほこり今が一番美しい。庭とも畑とも言えぬ所では紫大根、スノードロップの白と咲き乱れて美しい。

（二〇〇七・四・八）

# 大正末期頃の岡山弁

現在はどんな言葉を使っているか、何十年も岡山へ行かないのでわからないが、先日富山の友人からの電話で懐かしくなったので、話してみることにした。

「お早うござんすう。今日はぼっこう、ええお天気ですなあ」

「ほんまにええお天気でござんすなあ。今日は猫のミーコが朝から鳴きどおしじゃが、どうしたんじゃろうかなあ。いつも一緒にいるチビがおらんようになったけん、さがしちょるのかなあ。どこへチビはいったんじゃろうかなあ」

孫が猫に「うちゃあ学校へ行くけん、ミーコおとなしゅう待っとるんよ」

話は変わって、「馬方の留さんが馬車と石垣の間にはさまれて死にんさったそうじゃ」

孫がその話を聞いて、「うちゃあ、そげいな、きょうとい話をきくのはきょうとうて、きょうとうて、聞きとうない。もうやめてつかあせえ。子供がかわいそうじゃなあ、どうするじゃろうかなあ」

孫が「おじいさんに岡山の後楽園へ連れて行ってもろうて鶴を見たんよ。おいしいもんをたべさせてもろうたんよ。おいしかったわあ」

隣の女の子が「よかったなあ、けなりいわあ、うちも一緒に行きたかったわあ」

「何をしとるん」

「鶴を折っとるじゃけんど、むずかしうて、でけんのんよ」

「そねえなことじゃおえんぞな、貸しておみ、こうするんよ、ほら上手に出来たろうがな」

「くやしいなあ、けなりいなあ、鶴が上手に折れて。うちも練習すりゃあ上手に折れるようになるじゃろうかなあ」

「そりゃあなれるとも、一所懸命練習すりゃあなあ」

少し違っているかも知れません、この岡山弁は。


いつもの事ながら、どうしてこうも眠いのかしら、大分あの世へ近づいたらしい。どこやらで夫婦で病気で、別々の部屋で寝ていた妻が死んでいるのをいつも行っているヘルパーさんが見つけて大変だったらしい。

ぼんやりしないで本を読もうと「沢庵」水上勉氏を読み始めるが、字を追っているだけで頭には入らない。それではと「ネコが好き」という友人からもらった一頁ものを読む。面白いが、猫の愛らしさが書かれているのに、やはり心から読むことが出来ない。

桜は散り、杏、木蓮、白木蓮、赤芽樫や諸々の木々が新芽の夫々の色を競っているのは見ものである。

四月十六日午前七時過ぎ、北米のバージニア工科大学の銃乱射事件が起きた。多数の死傷者が病院へ運ばれた。容疑者は銃で自殺したが、講義中の教師が撃たれて死亡したらしい。朝七時から九時半頃の出来事のようだ。犯人は韓国人の学生とのこと。

日本では銃を持ってはならぬとなっているのに、アメリカあたりから秘かに銃が入ってきているらしい。アメリカでも銃を持たぬことにするとよいと思うが、あまりに犯罪が多いので護身用に必要なのであろうか。でも大学での犯行とは何たる事か。日本でこの真似だけはしてもらいたくない出来事である。二ヵ所で死者三十二人、負傷者十五人なりと。長崎では市長に立候補した人が銃で殺された。北米と日本と同じ日に。問題である。

（二〇〇七・四・一七）

*

二度目の筍を掘ってもらう。おいしそう。お世辞にもお宅の筍はおいしいと言われると嬉しい。

山や庭の木々の芽立ちの色が様々で美しい。ほとんど出揃ったが、まだの物は南国生まれで、もっと温度が上がらないと出られないのであろう。百日紅、棟、銀杏。

栄光出版社より連休頃に本が出来ると。

（二〇〇七・四・一八）

*

一番足の調子が悪く歩きたくないが、馴らさなければと杖を頼りに庭を一巡り。お先真っ暗である。チューリップ咲く、白い藤も。

（二〇〇七・四・一九）

*

今日は市議会議員選挙の日である。四月八日の都知事選挙のときは歩けないのでやめにしたが、今日は二人がかりで連れて行ってもらった。投票所が長房分校だったのが、学校が廃止され狭いところが会場になっていた。会場に着くと車椅子を借用し車から車椅子に乗り換える。段二段を二人で車椅子を持ちあげて運んでもらう。誰一人として顔を崩す人はなく苦み走った顔をしている。私はわざと「四十キロですから軽いでしょう」と言ってみたが反応なし。今日は婦人の立合人はいない。殺風景である。

候補者の名前が覚えられないので左掌に書いてもらう。いざという時にカンニングをするつもりであったが、忘れなかったので手を開くことなく投票用紙に書く。万歳である。

又、車椅子から車へと移動させてもらう。

一言、誰からか御苦労様でしたの言葉が出ないものか待っていたが、聞こえなかった。こちらは礼を言ったのに。すべて無言劇でこの場面は終わった。

カンニングの掌の文字汗ばみぬ

## 筍狩りの一族

筍が二、三本首を出している。来客は推定年齢小学六年と四年と二年の男児、小学一年の女児、もっと小さい女児らとお母さんおばあさんの大勢。おしっこを我慢していた女児、虫のこわい男児と多彩である。

筍は三十本は下らぬ数を誇ってあちこちより首を出している。

私は杖を頼りに出かけて見ると、もう五、六本掘ってあった。上手に掘れている。二、三年続けて筍掘りをしているベテラン一族である。私はおいしいお弁当をいただいた。部屋へ上がらずお帰りとか。

私は言った。「又、来年ね。けれどもう生きていないかも知れない。九十七ですもの、九十八、九十九、と百にもうすぐよね」とそれ以上言いたいことを言わないで過ごしてしまった。それはその時は思い出してねという言葉だった。

虫の嫌いな男児が大手柄をたてたらしい。来年また逢えるとよいとは思うものの、どうなることやら、天のみぞ知るである。

今日は二十度を越して暑い。陽に焼けそうである。


（二〇〇七・四・二二）

＊

気温は高いが、うすら寒い。

朝起きると足が前に進むかといつも動かして見る。少しでも動くと嬉しい。

筍が出たわ、出たわ、どうしようというほど出た。


（二〇〇七・四・二三）

＊

今朝の体の調子が一番悪いと思うものの、杖を頼りに用をこなして三度三度食べているとは不思議なような気がする。

先日も顔を見せなかったチビちゃんがまた朝から姿を見せぬ。どこへ行ったのかしら。庭を歩けばどこからか現われるので歩いてみたが、姿を見せぬ。家にはいないらしいと心配になる。明朝を待つことにしよう。

ゴンちゃんは玄関から出してやったら三十分後チャイムを鳴らして、堂々と玄関からお入りで兵さんと大笑い。猫ちゃん二匹の悲喜交々である。

（二〇〇七・四・一五）

＊

チビちゃん現われず、いずこへ行ったやら。利口な猫だったのに。

昼近くなってゴンちゃんと散歩、最後の休憩地で石垣にもたれていると、裏門の前にチビちゃんがひょっこり現われた。あらチビちゃん何処へ行っていたの、と言っているうちに草の中に隠れてしまった。漸く休んで部屋へと帰る頃、チビちゃんどこからか出て来て少し遅れて部屋の中へ。大変疲れているらしく餌を食べようともしないので愛用の椅子の上へ寝かせる。

正午頃から午後七時頃まで身じろきもしないで眠っている。どこで何をしていたのであろうか。目が覚めても何も食べようともしないが、八時頃闇の外へ出たがってゴンちゃんとともに出て行った。明朝出て来るであろうか、話が出来たらと思うけれど。

（二〇〇七・四・二六）

＊

チビちゃんは姿を見せない。昨晩外へ出さないで看病してやればよかったと後悔する。朝と夕方あちこち探してもチビの姿なし、死んだのであろうか。かわいそうな事をしたと悔やまれてならない。

午後創価学会の会に連れて行ってもらう。立派な会館の中に三百人くらいの人が集まっており、テレビの映像を見ている。私の耳には声が音として聞こえるが、意味はわからない。池田さんの話もあったのに。耳が聞こえないとは不自由なものである。

（二〇〇七・四・二七）

## チビちゃん

四月二十六日の夜、私の部屋を出て行ってよりチビちゃんが姿を現わさない。いつもは朝硝子戸の外で中へ入りたいと待っているのに。

チビちゃんは頭がよい猫で「出もどり」と題して書かれた猫である。

チビちゃんはどこへいったのかしら。誰かに連れて行かれたか、又は殺されたのではないかと、考えは悪い方へ悪い方へと進んでゆく。遂には夜になったがチビちゃんは現われなかった。心配しながらも明朝は前の出もどりの時のように姿を見せるかも知れないと、かすかな光を待ちながら眠る。

二十六日にゴンちゃんと正午頃石垣にもたれて休んでいると、なんとチビちゃんがいつの間にか裏門の前にうずくまっている。嬉しくて、抱いて部屋まで連れて来たいが、重くて私にはその力はない。

あらん限りの力を出して必死になって歩いたのか、チビちゃんは部屋へ辿りついた。餌を食べさせようとしても疲労困憊極度に達しているのか、いつもの椅子の上に長々と伸びて七時間も眠り続けた。それでも知らない人が来ると、隠れるように物陰へと移った。

七時頃ゴンちゃんを外へ出そうと戸をあけるとチビちゃんも外へ出てしまった。今晩は寝ないで看病してやりたいと思っていたが、外に出てしまっては、私の体ではどうすることも出来ない。死ぬかも知れないと思いながらあきらめる。

二十七日、私が庭を歩けばいつもなら、どこからか現われるチビちゃんなので歩いて見たが、昨夜死んだのであろうか姿を見せない。夕方も歩いてみる。

今朝も筍の出具合を見ながら歩いたが、出て来ない。やはり死んだのであろう。看とってやらなかったことが悔やまれてならない。

（二〇〇七・四・二八）

＊

末娘一家五人と外に夫婦二人の筍の客人。筍は出ているかと心配、猫二匹は親子か兄弟か夫婦かはわからないが、芝生の上で寝転んでいる。

娘がシャベルをと小屋に行ったところ、猫が死んでいたので葬ってやったとのこと。やはりチビちゃんは死んだのだった。葬る前に私の目で確かめたかったが、このよろよろの足では仕方がない。

ゴンちゃんが寂しいのか後を追って台所へ来たり、そわそわしている。私も連日の筍掘りの客に疲れ、くたくたである。何であれ、別れとはつらいものである。悲しいものである。

クロちゃんとシロクロちゃんも餌を狸に食べられたり寝倉を狸にとられたりと、痩せたし元気なし、私も元気なし。皆、同じ頃あの世かもしれない。本当はそうなって欲しいと思っている。けれど、どうなることやら。

（二〇〇七・四・二九）

＊

朝から小雨が降っている。少々の貯えはあってもいつ死ぬかわからず、長生きをすると不足してくるかも知れぬと不安がつきまとうとある人に言った。すると家が広いので半分何かに使ってもらいその代金を受けとれば、何とかやりくりがつくのではないかとのこと。

昼間だけの利用ならば少なくてすむし、あれこれと準備をする必要もないという。なるほどよい考えである。その道の人に聞いて見て下さるという。話を待つことにしよう。

（二〇〇七・五・一）

＊

泊まりこみの兵さんに甘えて寝坊をする。応接間の高窓のほうに発泡スチロールの箱が五、六個あるが、その箱に真赤な血が飛び散っている。私の隣の部屋の外なので耳が正常なら何等かの音が聞こえた筈であるが、残念ながら何も聞こえなかった。

兵さんはクロ猫が餌を食べに来ないという。すると怪我をしたのはクロであろうか。しばらくして餌を食べに来たが足を引きずっているという。シロクロも怪我をしていないし、猫に出血したらしい様子はない。

すると、狸が臆病者と見なされていた猫にやられて怪我をして、今日は来ないのであろうか。明日はどうなるか楽しみである。

ゴンちゃんと朝晩二回、筍の様子を見ながら歩く。

（二〇〇七・五・二）

＊

狸来ぬ。猫はゴンちゃんのみ見る。狸は怪我をしたのであろうか。他の猫は元気。

近頃夜歩いている女性の背中を刺して死亡させる事件があった。犯人はむしゃくしゃしたので刺したという。背後からでは逃げる暇もない。

（二〇〇七・五・三）

＊

好天気。

待つといふ待たせるといふ青葉風

人を待つとは切ないことである。本を読む気にもなれず、庭の木々を眺めたり眼を閉じたり時間をつぶしている。これが呆けと老いなのであろう。

（二〇〇七・五・四）

男の節句、でも誰も来ぬ。柏餅も買いに行けない。菖蒲を切ってあちこちへ配ることを忘れた。大失敗。

＊

怪我をしたと思った狸が二匹とも何事もなく現われて猫の餌を漁っている。あの発泡スチロールの夥しい血は何者の血であったのか奇々怪々である。何事もなかったように日は流れてゆくが、本当に不思議な事もあるものである。

（二〇〇七・五・五）

＊

連休中にコースターが脱輪したりと遊園地で死傷者が出た。所有者は前もって点検しているのか。うっかりミスの多いこと、誰もがたるんでぼんやりしているのであろうか。

前の池に森青蛙今年も二個卵塊を作る。今年も忘れず蝌蚪を産んでくれた。ありがとう。

仏大統領は「サルコジ氏」に決まった。どんな政治をするか期待を持って見守りたい。

（二〇〇七・五・六）

*

筍掘りの客も私を慰めて下さる客も今日でおしまいかも知れぬ。来てもらうと嬉しいし有難いが疲れるには疲れる。源氏の友達が二名来て下さった。五十嵐さんと黒部さん。二十数年続いた源氏物語の講義が年末で終わるとか。初めから終わりまで熱心に出席した人も多数とか、大したものである。

午後より俄かに大粒の雨、雷鳴、木も草も大喜びした事であろう。

暖かくなったのにアパートの火事で焼死者が多い。原因は何であろうか。幼い子の死は痛々しい。

様々な事情から子育ての出来ない親が赤ちゃんを「赤ちゃんポスト」へ。今日五月十日の正午から熊本市の慈恵病院でスタートしたと新聞は報じている。何と言ったらよいのか私は言葉に苦しむ。なぜ子供を生む原因を作ったのかと聞きたくなる。成長した子はどのような親でも親を探すであろうし、捨てた親も、子はどうしているかと考えるのが当然であろう。罪作りな処置ではあるまいか。

（二〇〇七・五・一〇）

*

一日に庭を二回回れば大丈夫かと朝晩猫を連れて、よっこらしょと歩いている。先日皇居でもお庭を開放されたが、そのままの状態で草茫々であったとのこと、うちの庭も歩けない程の草茫々、マーガレット、春紫苑、クローバーの花、あやめ、おもだかの花が勢いよく咲き、先頃まで黄色な花だった蛇苺がもう赤い実になっている。名を知らぬ雑草に足をとられて転びそう。今朝既に台所で転び、右側頭部を床に叩きつけたばかりである。

二、三年来、紋白蝶と黄蝶は目にするが揚羽蝶は見えない。今朝、揚羽蝶の大きさの真黒な蝶を今年初めて見た。

（二〇〇七・五・一二）

＊

朝九時頃、腰をかけていた時、急に右腰部の中央部にきりきりと錐を差し込むような痛みを覚えた。ほとんど歩けない程の痛みである。何が原因であろうか。時々このような痛みが起こるのはやりきれない。

ゴンちゃんは昨夜、私のいない時に姿をくらました。私がいれば又明日ねと外へ追い出すので、それを承知しているのであろう。今朝突然私の布団の上に飛び乗った。ゴンちゃんに一本とられてしまった。

（二〇〇七・五・一三）

＊

人が困りきり、どうしようもないときに誰も助けを出さぬとは、日本人も駄目になったものである。空席のある特急電車の中の二十一歳の女性の傍らに中年の男が来て、声を出すと殺すぞと脅し猥褻なことを始めた。あげくの果てに便所へ連れて行き強姦したという。言語道断のことである。乗り合わせた人の中には気付いた人もあったであろうに、知らん顔をしていたとは。車掌を呼ぶとか、何か手段があった筈であると思う。また女性も便所へ連れて行かれる時に、なぜ助けてと大声を出さなかったのであろうか。

（二〇〇七・五・一四）

＊

国民投票法成立、と大見出しの字。

安倍首相は改憲への足がかりを捉まえたとは言え、どうなることやら。私はいつまでも自衛隊であってもらいたい。絶対に戦いはあってはならぬことと思う。

夕刊によると十七歳の少年「母を殺した」と母親の頭をバッグに入れて警察署へ自首し

たという。何の為に母を殺したのであろうか。近頃は親を殺す子供が多くなった。どんな躾をしていたのであろうか。躾について真剣に考えてもらいたいと私は考えている。

出来たばかりの「赤ちゃんポスト」に一番早く来たのは三歳ぐらいの男児で、開設後二一、三時間だった。話せるし連れて来た人の顔も覚えていることであろう。新生児の為のものである筈なのに、母親がいなくなり育てられないとの理由なのであろうか。問題の多いことになるであろう。今後の経緯を見きわめたい。

（二〇〇七・五・一五）

＊

朝から気分悪し、それでも歩かなくてはと庭を半周する。その後、椅子に坐っていて何の理由もなく急にいつもの所が痛み出す。

撫でたりさすってもらう。歩くたびに頭につうんとくる痛み。じっとしていても痛む。夕方少しよくなった。

（二〇〇七・五・一六）

＊

夫婦の復縁のもつれより妻たりし女が二十三時間も夫なりし人にとじこめられたり、警察官が銃で殺されたりと大騒ぎ。拳銃を規制出来ないものか。暴力団も解散させるべきである。

（二〇〇七・五・一九）

＊

「ありがとうございました」を送る為に荷造り。大変な作業で疲れた。どんな批評が下されるのか、そら恐ろしい。

（二〇〇七・五・二〇）

＊

昼頃庭で茶色のふさふさした毛で丸丸肥った元気な、今まで見た毛の抜けた皮膚のごわごわしたたぬきとは全く違う動物を見た。狐色だったので狐かも知れない。あっという間に消えたので詳細はわからなかった。

（二〇〇七・五・二一）

＊

朝八時半頃いざ食事をと釜の蓋を取ってみると何もない。昨夜米を洗うのを忘れたらしい。いよいよ本呆けである。パンがあったのでかじる。

句友と女子医大の後輩久しぶりに来訪。二組の客人となると少々疲れる。蝌蚪が泳ぎ出したので前の池へ見にゆく。疲れたからよろよろして上を向いて転んでしまう。頭にこぶ、肩、左腰部打撲。猫と歩いていても猫は起こしてはくれない。人の来るまでどうすることも出来ず、仰向けのまま。今日手伝いの人が来ていてよかった。

（二〇〇七・五・二二）

＊

昨日の転んだ所が痛くて漸く歩く。散歩は出来ず家の中を一周するのみ。

昨日は来客二組があり、しかも長居をした客が帰ったので、池へ見にゆき、この眼で蝌蚪を確かめ安心して下の庭へと向かう途中、便所の近くで何の原因もなく足がもつれて転びそうになり右肩から首のまわりが無理な形で頭を支えて遂に頭がごつんと地面に叩きつけられた。起きようとしても起き上がれずじっとしていたが、お手伝いさんが何かあったと察して起こしに来て下さり、私は漸く起き上がることが出来た。

しかし今日は、腰の右側の痛み、首全体の痛み、頭の痛みに食べることも出来なかった。いくら気をつけても足がよたよたではどうすることも出来ない。情けない体になったものである。

（二〇〇七・五・二三）

＊

今日は首のどこをさわっても痛い。こんな痛みは今まで経験したことがない。マッサージをしてもらったが、庭を歩けるのはいつのことやら。

（二〇〇七・五・二四）

＊

寝たり起きたりの度に首のまわりが痛むので大変。そろりそろりと庭一周、今に歩けなくなり入院ということになるかな。誰もが、入院はしない方がよい、一週間も入院すると驚くほど呆けてぼんやりしてしまうから、と言っている。

草茫々となり、道が失くなったので、鎌で生意気に草をなぎ倒そうとして仰向けに転ぶ。起き上がれず四苦八苦。しかし痛みなし。

生ひ茂る道なき道の馬ごやし

道路にいる幼児とか女子の背中をずぶりと刺す女が現われた。精神病者であろうか。のんびりと道を歩くことも出来なくなった。

今年の森青蛙の卵塊は五、六個なので蝌蚪もそこそこで、大小まざって上手に泳いでいる。年によって色々都合があるのであろうか。

あちこちの大学生がはしか、百日咳にかかり休講になったという。伝染病は次々に移るので気をつけねばならない。今年は流行の年だったのかもしれない。

（二〇〇七・五・二六）

＊

数日前に蝌蚪を見ての帰り便所の脇で転んだのに、歩けなくなると大変と一大決心をして、蝌蚪をのぞいたり、下の庭を歩き、まだ出る前の筍の頭を叩いたりしていると、急に頭がぐらぐらして、これは大変と桜の幹に背中をあずけて様子を見る。歩かなければと思う気持ちもほどほどに考えて実行しないと、草茫々の庭で倒れてしまうかも知れない。過ぎたるは及ばざるが如しである。

日毎に弱っていることを忘れないようにと言い聞かせたり、早く消えたいという願いがかないそうと思ったり、思いは千々に乱れる。

猫のゴンちゃんは私を見守るように後になり先になり、時には木登りをして慰めてくれる。

## 蛍狩り

思い出したので九十年前の蛍狩りを岡山弁で書いてみたいと思い、記すことにした。

家庭の事情で私は郷里の郷内村という歴史に深い関係のある村で生まれ、小学校を卒業するまで祖父母に育てられた。その事は別として、蛍が出るようになると、

「おじいさん、暗くなったら田圃へ蛍をとりにつれて行ってつかあせい。なあ、ええよなあ」と甘えた。

祖父は可愛がって下さったので、

「ええよ、暗うなったらいこうなあ、蛍をいれる袋を小麦藁でこしらえんといけんなあ、清、出来るか」

「ううん出来んよ、おじいさんこしらえてえな」

暗くなると下の三軒の家から向こうは田圃になっているので、おじいさんと意気揚々と出かけた。

九十年前はまだ、アッパッパさえもいない純日本風で、着物の上にメリンスに裏のついた前掛けをしていた。足は桐の下駄ではなかったような気がする。

「清、田圃の下の方で光っているは蛇の目じゃけん手をだしちゃあ、おえんよ、咬みつかれるよ。飛んじょるのは蛍じゃけん、なんぼうでもつかまえんさいよ」

箒で飛び立つ蛍を叩き落としてとり、ねじれた麦藁で作った袋にいれた。蛍は青くさい匂いがした。

その夜は月夜であったか闇夜であったか忘れたが、闇夜なら提灯をもって行ったかもしれない。

家へ帰ると浅黄色の蚊帳が部屋一杯に広がっている。その中にとって来た蛍を全部放す。ぴかぴか光る蛍を見ながら眠りについたものである。

翌朝は昨夜の蛍はほとんど死んで、布団の上に落ちていた。私は蛍がみんな死んだと泣き出した。祖父に蛍の命は短いものとその時に教えられた。

（二〇〇七・五・二七）

＊

松岡農水相が議員宿舎で首つり自殺をした。政治と金にまつわる様々な疑惑が噂されていた。二十八日に議会で答弁に立つ予定であったが、何と言い逃れようかと考えた末に遺書を何人かに書き、覚悟の自殺をしたものらしい。

私の腰痛は腰かけていて何の原因もないのに、急に痛み出すという不思議な痛みである。どうしたらよいのかわからない。痛いのはつらいことである。午後、看護婦さんにあちこちもんでもらう。足の重いのだけは直らない。

（二〇〇七・五・二八）

＊

本日早朝、緑資源機構前身公団の山形進一元理事が死亡した。飛び降り自殺と見られる。理由は色々あるようで、次の自殺者が出なければよいが。

（二〇〇七・五・二九）

＊

今日が一番腰が痛いし、足が前へ出難い。富美子さん不意に見える。間もなく前から約束のエッセイの四人見える。今日は嬉しい日である。素敵なブラウスの人、皆さんまぶしいばかりである。会食。

奥村さんのエッセイ批評の会場に行きたいが、それは望むべくもない私の足。

あちこちへ本を送る労力で疲れる。岳さんのいるときに発送しないと来週になるので。
（二〇〇七・五・三〇）

＊

まだ読んでもらいたい方が何人かいらっしゃるので、と言いながらも呆けた私は、人名簿を何回もひっくり返して読んでいる。例えば、お名前を忘れたのでお住まいの宇都宮市を探している。

漢字も忘れたし、辞書を引くのが大変なので平仮名で書くことにしたら気が楽になった。けたたましく電話のベル、米国から遠山さんから本を受け取ったとの電話。隣からの電話のようにはっきりしている。姉上の病気も大変よくなられたとのこと。よかったこと。遠山さんは暖かい気持ちの時は暗い句を作ればよいとはっきり教えて下さった。その言葉で私は生き返ったようになった。暗い句も思う存分作ることにしようと嬉しくなった。

（二〇〇七・六・一）

＊

猫に餌をやって、猫が食べていると思っていたら、狸が二匹、縁の下から頭だけ出して食べている。猫がやせ細ったわけである。

本の荷造りが漸く終わった。受け取ったの返事もない方もあるので悲しい。

耳の悪い私にもミーミーと蝉の鳴き声が今日から聞こえるようになった。六月はやはり夏なのよと教えているのであろう。
二、三日前にどこやらのホテルの金の浴槽が盗まれたという。重いものをよくもよくも上手に持ち出したものである。
警察署は盗品を見つけたとも、犯人を捕まえたとも、事件の詳細をあまり報告していないようである。

青森県深浦港に小型船が入港した。乗っていたのは北朝鮮清津から新潟に向け出港した男三人女一人の四名で、韓国国境は警戒が厳しく日本を目指した、北鮮は生活が苦しく逃げ出したと。


（二〇〇七・六・二）

＊

三十一日に私達の五名の北斗の会のメンバーが、欠席の長い私の為にわざわざお土産持参で来て下さり、絶えて久しい対面をした。その時、私の最後の本である、「ありがとうございました」という妙な名の本を差しあげた。

するとOさんから、Sさんと二人で三日に伺うからとの電話があった。あんよの丈夫でないOさんが何用かしらと心待ちに待っていた。

三日午後お二人が見えた。南瓜のケーキのおいしいのを御馳走になる。Oさんは私の本の帯に栄光出版社の石澤さんが「元女医として」と褒め言葉が並べてあるが、医療はやめても医師の免許証はもっているのでまだ立派な女医であることに変わりはない、出版社の石澤さんに電話をしてもよいかと言われる。

元女医でない方がよいのでよろしくと返事をする。

次の朝、電話をすると話し中だった。出版社への電話中であったらしい。ごもっともですと言われたとの返事にOさんは満足されたらしい。

（二〇〇七・六・四）

＊

今日は厄日かな、朝五時前は起きていたのに、目が覚めたのが七時半、あわててそのまま玄関をあける。外では七時に戸をあける人が、前の家の御主人と寝室の戸を叩いたりと大変だったらしい。申しわけない事。しかし生きているので時々は寝坊もするし、そのうちもっと大きな失敗もするであろう。

出生率が一・三二と回復したという。毎年連続増加ということになればよいが。

介護事業に手を拡げてやっている会社がよからぬ事をして継続しなくなるらしい。すると介護をうけていた老人はどうなるのか。事業を行っている人は利に走ってよからぬ事ばかり抜け目なくやっているらしい。利に縁のない私には全くわからないことばかりである。いつの世も弱者はいつも憂き目を見ているのであろうか。

犯人に自白させる為には警察も裁判所も相当手荒なことをしているらしい。しなければ自白しないからであろうか。私はまだ警察に捕えられた事がないので知らないが、相当な暴力を受けているらしいが、白状させる為には仕方のないことなのかも知れない。

年金問題は末端の役人のずぼらな精神によるものが多いようである。きちんと記録されていなかったこと、私は仕事の出来ない人を働かせたということを残念に思う。

朝日新聞夕刊に名文がのっている。一寸失礼させていただくと「処置より廃止」のコムスン、指定取り消し処分を受けそうになると、すかさず廃止届を提出。さすが素粒子氏と舌を巻く。

保護観察強化再犯防ぐ、の見出し、更正保護法が成立したという。再犯を防ぎ、被害者に直接詫びてもらえるように導いてもらいたいと私は望む。　（二〇〇七・六・六）

# 今昔物語

何の今昔物語を書こうとしているのであろうか、不思議に思われることであろう。私もこんな今昔物語を書くことになろうとは夢にも思っていなかった。

私は心筋梗塞を患っており、ヘルパーに来てもらっている。

ヘルパーの仕事は雨戸をあけたり、家の中の掃除を一時間から一時間半のうちに済ませることになっているらしい。

ある日、便所の近くにある手洗い用の流しがひどく汚れていたので、手で水をかけて洗った。その後、何日かして便所の隣にある手洗い用の流しの掃除をしたことがあるかと聞いてみると、しないという返事だった。

その時私は初めてぴーんと来た。水洗便所が普及したのは昭和何年頃であったか。ヘルパーは生まれた時から水洗便所を使っているので、便所の隣の手洗いで手を洗う必要はなかったのである。

色々なものが時と共に変化している。私は百年近く生きているが、その変化の速さには、空恐ろしくなる。

（二〇〇七・六・八）

＊

兵さんにたまった仕事を全部してもらう。

死に欲が出たというか方言の語源を知りたくて兵さんに図書館へ行ってもらう。本を貸し出してはもらえないのでコピーして下さる。

岡山地方で、ものがなくなった時に〇〇がミテタというのが不思議でたまらない。そこで語源を知りたいと思ったが語源は記されていないので残念、もっと研究する人がいればわかる筈である。

いつ死がくるかわからないのにあれも知りたい、これも知りたいという思いに包まれている。結局私は欲ばりなのであろうか。百年近くも生きたのに、うかうかと暮らしてしまった惜しさが残る。

森青蛙はまた六個の卵塊を作った。孔雀サボテン次々に華やかに咲き、萎れてしまう。

私は転んで頭を打ったところを通る時は用心してゆっくり歩く。

十年も待った花菖蒲のうすい紫の花が咲いた。植え換えれば花が咲くと思い、毎年頼んだが実行されなくて惜しい思いをしていたが、やっと花を見ることが出来て嬉しい。もう一つの花もそのうち咲くらしい。待てば海路の日和かなであった。（二〇〇七・六・一三）

＊

朝起きた時から息切れがする。二年前に心筋梗塞の手術をうけた病院の救急室へ行き心電図、胸の写真をとってもらうも異常なしという。そうこうしているうちに息切れも納まった。

飲酒運転が厳罰化し同乗者らにも直接罰則があることになったと。今まで何故こうならなかったかと不思議である。

例年よりおそく梅雨入り。（二〇〇七・六・一四）

＊

紫陽花が白い球だったのが日毎に大きくなり紫色に移りつつある。きれい。ゴンちゃんだけがついて来る。

某新聞社より先週インタビューに来ますと連絡があったが、都合で来週末になったと電話。

その代わりか、雑誌社より、二十八日に記者カメラマン等五人で来ますとの電話。今度はすっぽかされないかどうか。その日にならないとわからない。色々とかけひきがあるらしい。

（二〇〇七・六・一六）

＊

ほんとうに今日が一番だるい。ゴンちゃんとベッドで横になる。

十市さんより電話。近いうちに来て下さることになる。嬉しい。

食欲はないのにいただいたサンドイッチだけは食べられた。不思議。

七〜八年もミンチはインチキミンチだったのを消費者がおいしいおいしいと食べていたと思っていたら、元役員から偽牛ミンチ問題の内部告発があったのを、農林水産省と北海道庁の間で一年以上もそのままにされていたらしい。こんなことがあちこちで起こるようになったらどうすればよいのであろうか。

私は四、五十年のうちに短歌、俳句、随筆の本を九冊出版し、受け取る人の都合も考えずに送った。こんなもの送ってもらって迷惑だ、返事も出したくない、ありがたくはないがまあ受け取ったという返事だけ出すことにしようと返事をよこす、お世辞をまぜて返事をよこす、の三種類があるようである。中でも最初に書いた返事も出したくない人が半数以上を占めている。私は近頃呆けて返事を出すのを忘れるかも知れないが、受け取るとすぐに、まだ読まないがと書いて返事を書くことにしている。

（二〇〇七・六・二一）

＊

私は見なかったが客人が足のある蛙が池の中にいたし、黒い細長いものを見たという。毎年現われるやまかがしが蝌蚪を食べに来たのであろう。この文を書くのに間違った字を三字も書いた。

（二〇〇七・六・二三）

＊

気温二十度、痩せているので寒くまだ冬支度。くちなしの花咲く。桔梗の花も。盆栽に肥料をやってもらう。それにつけても元気で何もかも自分で出来たらどんなによいかと情けない。九十七歳の人々は何を思い何をしながら日を過していらっしゃるか聞いてみたいと思う。

ここ二、三日よだれの出が少ない。不思議。あじさいが咲いたからかしら。

（二〇〇七・六・二六）

＊

未だに慰安婦問題で米国に何かと言われている。政府は慰安婦に謝罪すればよいのであると私は思う。頭を下げて何度謝ってもらっても心はゆるさないと叫んでいる筈である。

小学一年生になったばかりの知人のひ孫が何やら聞いた事のない病気になり二十歳までは生きられぬと言われて入院しているらしい。悲しいことである。

（二〇〇七・六・二七）

＊

今日は朝日新聞の記者の岩本さんが来る。色々な事を聞かれる。話が長くなかなか終わりそうにないので、午後もインタビューがあると言って話を終える。午後はグラツィア五名来る。連続の話に疲れる。

若い女性の気持ちがわからず、意に添う記事になるかと心配。

孝子さんより万華鏡贈らる。きれい、きれい。

（二〇〇七・六・二八）

とにかく疲れた。何をする元気もない。ゴンちゃんと庭を一周する。桜を拾う。

桜拾かたえに猫の見はり居り

取材され声細々と五月晴

大げさな写真の額縁や五月晴

小なれど赤きをほこりざくろ咲く

*

国内十四件目に石見銀山が世界遺産に選ばれた。

午後読売新聞の女性記者来訪される。心が通じあい話がどんどん進む。共に庭を一周し写真をとられる。

どんな記事が出来ることやら。楽しみなような不安もあり、落ちつかない。

（二〇〇七・六・二九）

# もったいない

不景気で物資の少ない時代の明治の末に生まれた私は、もったいないもったいないと言われて育ったらしく、もったいないが真底しみこんでいるようである。

もったいないから少しばかりを残さないで食べてしまいなさい、とよく言われたが、老いてからその言葉は通じなくなった。

果物ではさくらんぼを買って食べようとは思わない。時々いただくと嬉しくて何度にもわけて少しずついただく。これが明治生まれの、もったいない精神の極致である。

（二〇〇七・七・一）

＊

今朝もまた便所へ歩いて行こうとすると二時頃目が回るので、急いで朝の血圧の薬を飲んだ。

五時頃目は回らなくなるが、いつも来てもらう人に早く来てもらうように連絡をする。

その人が九時頃見えたが、血圧を計ってもらうと一七〇だったので、血圧を下げる薬を飲む。心筋梗塞よりも脳梗塞を起こすのかもしれない。（二〇〇七・七・三）

＊

夜中に飲む血圧の薬を倍効く薬にしてもらったせいか、今朝は何事もない。八時頃の血圧一四〇であった。

米国による広島、長崎への原爆投下を「しょうがない」と言った責任をとって久間防衛相が昨日辞任し、後任は小池百合子氏に決まった。自分を少しでも偉く見せようとして口をすべらせ辞任という憂き目に逢う人が多いとはおかしな事である。

今朝は朝から雨、暫く長く続けば梅雨と言えるであろう。

昨日は来客の為、猫を連れての散歩が出来なかったので、暗くなりはじめた頃、下の庭の池へ来て見ると、池に異変が起こっていた。二百匹もの中小の鯉が池の表面を漂っていた。酸素を供給している機械が故障していて、酸素を求めて池の表面へ出てきたのであろうか。ほとんど緋鯉なので色あざやかな魚が池を漂っているのは何とも美しく、あわれであった。

二、三十年も池浚えをしないで池は浅くなっているであろうに、よくも二百か三百にもふえたものであると生命力の強さと、毎日餌を与えていてよかったという喜びを感じた。玄関前の小さい池の蝌蚪は日とともに足が生え、尾がなくなり森青蛙となって何処へか行ってしまった。まだ次々と卵塊を作っているので当分蝌蚪はいることであろう。

話は戻るが五、六月頃、狸が猫の餌の横取りに現われて、うちの猫どもは餌を横取りされてやせていたが、狸は六月の末から姿を見せなくなった。毎年そうなので、決まりがあるのであろうか。

午後水の循環の機械を取りかえてもらう。すると鯉は水面から消えて見えなくなった。二、三日苦労をかけましたね、と詫びる。

のうぜんかずら咲く。

網戸越しに桜の高い梢から下の方の木々を眺めているが、日毎に色が変わってゆく。

（二〇〇七・七・四）

*

昨七月四日毎日新聞が「新刊」紹介に「暮らし、教育」との題目で「ありがとうございいました97才元女医の生と死を見つめて」小林清子著、として新刊の本の紹介文を見る。短い文章ながら、最後に今を精いっぱい生きるその姿のなんとさわやかなことか、で結ばれている頭の良い文章に敬服する。

今月は朝日新聞に「いのち」という見出しに、老いを包み隠さず綴る八王子の九十七歳の私のことが写真入りで書いてある。これを読んで大勢の人々から電話があった。ありがたいことである。

（二〇〇七・七・五）

## 蜂の巣

硝子戸の下から二番目の桟に足長蜂が二、三匹で巣を作り始めた。それから何日かして草花に水をやろうとしたお手伝いさんが蜂に手を刺された。

蜂の巣は栂指と人差し指を輪にした大きさになっていた。私は硝子戸の内側から巣を落とせば蜂に攻撃されないので、棒でつついて巣をとるつもりでいた。その時、雨戸の開閉をしてもらっているヘルパーのMさんが来て、何かと困る時に助けてもらっている前の家の御主人に頼みましょうと慌てて出かけた。

前の御主人は網を頭にかぶって巣に殺虫剤をたっぷりかけて箸で巣をもぎとり、蜂の巣退治は終わった。私だったら蜂にさされていたかも知れないが、私の武勇を発揮できなくて残念至極であった。

（二〇〇七・七・六）

*

今日は七夕、しかし幼い日の思い出としてのみ残っている現在である。

本を送りたいと思う人の名前を忘れていく。

何か起こるとエッセイの材料となると思っているのに、いつの間にかころりと忘れてしまう。漢字は大分忘れたし日毎にお馬鹿さんになっているのがよくわかる。

お掃除の人にみかんの腐った匂いがすると言われて箱の中を調べると二つもいたんでいた。鼻がきかなくなったのである。

「こうのとりのゆりかご」の名前で運用している匿名の新生児を受け入れる窓口「赤ちゃんポスト」に五日未明、新生児の女児が預けられていたことが六日わかった。赤ちゃんポストに子供が預けられたのは五月十日に運用を開始して以来四人目だという。

将来の見えないこの子たちが哀れでならない。

（二〇〇七・七・七）

# ＮＨＫ

ＮＨＫのラジオ部門から二人取材に見える。ラジオを聞かなくなってから何年になるやら。電話がかかった時、ラジオですか、どこしまったやら、と失礼なことを言ってしまった。

ラジオセンター専任ディレクターとラジオあさいちばんキャスターの御二人よりラジオをおみやげにもらう。何でも口にすべきものであると嬉しくなる。

問いに対して答えればよいものの、呆けはじめた私の頭は何を聞かれたやら、何を答えたやら全く覚えていない。時々ディレクターよりキャスターに合図が発せられているらしい。その道、その道の身振り振る舞いがあるのを面白く見つめる。

七月十一日朝七時四十五分より八分間の放送と教えられる。声だけの私はどんなことになるやら。これで二、三の新聞、雑誌の取材は終わった。写真をはじめとして文章にもそれぞれに個性があり、面白く拝見した。


（二〇〇七・七・九）

呆けると忘れるとはどこが違うのであろうか、例えば私の写真が出たのを見て元気だと知り、蘭の花の鉢をもって来て下さったのにお名前が思い出せないというのは。

新人力士を募集したのに一人の応募者もなかったという。これは何を意味するのであろうか、世の中は音をたてて変化しているようである。

＊

電話で本を送りますと約束した人に、本を送っていないので心を痛めている。住所とお名前をころりと忘れてしまい、名簿を何度もひっくり返して見ても思い出せない。お約束したお二人様、怒りのはがきを出していただきたいという思いが通じるでしょうか。はがきを待っています、と勝手なことを考えている。

（二〇〇七・七・一〇）

＊

NHKのラジオ放送朝七時四十五分、先日の話がいよいよ放送される。私はキャスターより下手ながら、その上少し早口ながら、なんとか話が出来たので初めてのラジオ出演としては上出来であったと思う。これで「ありがとうございました」の色々なことは終わったと思っていると電話のベル、三浦京子さんから偶然にラジオで聞いたわよの電話、誰もラジオを聞いている人はいないと思っていたので、嬉しくなった。

誰がどこで見たり聞いたりしていて下さるやらわからない、世の中は狭いと感じる。


(二〇〇七・七・一一)

＊

雨の降らないうちにゴンちゃんと前の庭を蝌蚪を見に行くが、よろめいてあぶない。

先日のNHKのラジオで茨城県あたりからも反応があるらしい。新聞よりもラジオの効果は大きいと電話。

盆の入り。植木屋来る。若い人ばかり。

私の持ち物をどうしたらよいか。もう長くはないと思うので気にかかる。誰かに相談にのってもらわなくてはと思う。


(二〇〇七・七・一三)

＊

新しい墓地へ連れて行ってもらいたいが、雨ではどうしようもない。私は日毎に視力、聴力が弱り、本を読むこともテレビを見ることも億劫になった。何を楽しみに生きていればよいのであろうか。

馬鹿者の知恵は後から出るというが、本当である。腰痛につける薬を便所へおくことにした。丸出しにしているので十分薬をぬることが出来る。

私が死んだら仏壇を持って行ってもらうように頼む。秀吉の頃からの位牌が仏壇の中に安置されている。小林家、いつまでも続きますようにと色々と孫に頼む。盆とか彼岸の後の頃、墓地へ行くと花のない墓地が三割は目につく。墓参りのなかった墓である。


（二〇〇七・七・一五）

＊

去年の朝顔の種がどこか行方不明となったので苗を買って来てもらい、花の咲くのを待っていたら、咲いた咲いた。それが小さい小さい花である。家で毎年放置しておいても咲く原種の花にも劣る花であった。

朝顔があまりにもみすぼらしい花だったので、社会全体の今の状態を思い腹にすえかねてしまった。商人は利益のみを考えて道義を忘れている。コロッケにボール紙をいれて量を大きく見せて売っていたと同じ料見である。何という世の中になったのであろうか。

北朝鮮核稼働を停止。原子炉〇三年の状態に、と米国が譲歩を重ね前進したと嬉しそうな新聞の見出しを見つけた。でも心底喜ぶことは出来ない。米朝枠組み合意で建設がされれば未完成のまま、両方が完成すれば一年間に核兵器五〇個分以上のプルトニウムが生産可能とも言われるという。

午前十時頃新潟県に震度六強の地震あり、被害甚大、死者八名、新潟県中越沖地震と呼ぶことに政府は決めたという。

六月末よりむじな現われず、猫は餌を十分食べられるので褐色だった背中が少しずつ黒光りがするようになった。よかったね、クロちゃん。

（二〇〇七・七・一六）

## 消しゴム

物ぐさになった私は、前には原稿を書く時、別の紙に書いて、それを原稿用紙に書き換えていたが、いつからか、じかに原稿用紙に鉛筆で書くようになり、てにをはをよく間違えるし、間違った字を書くことが多くなった。

そこで消しゴムを度々使うようになったものの、消しゴムは小さく固くころころしているので、いつの間にかどこかへかくれてしまう。新しい消しゴムを買って来てもらってより考えた。消しゴムは痛いであろうが消しゴムの真中に穴をあけて水引を通し、その先端を紙ばさみでしっかりと押さえて、一定の場所以外は動かさないようにしてしまった。消しゴムを失うことはなくなったが、いつも消しゴムの近くで書かなくてはならなくなった。消しゴムさん、真ん中に穴をあけてごめんなさいね。

（二〇〇七・七・一七）

＊

明治以後の日清、日露戦争、その後の日中事変、大東亜戦争等の真実を知りたいと思っていたら御親切な人より「日本の戦争」という小冊子を御急送下さった。私はむさぼるように読んでいる。

小雨が降る本当に梅雨らしいうすら寒い日、肉のない私は暖房にしたりやめたり。鼻をかんでも出ないのに涎がぽとりと落ちる。落ちる前に拭きとるタイミングがむずかしい。

（二〇〇七・七・一八）

また小学一年生の女児が校門近くで包丁で刺される。またかと思う。

池に青い水草が一面に拡がり鯉二、三匹呼吸が出来ず死ぬ。今年初めての現象である。

紫蘇汁を作ってもらう。おいしそうな美しい色に出来上がる。

（二〇〇七・七・二〇）

＊

## 人参ジュース

人参のジュースをどなたからかいただいた。おいしいですよと言われたが、初物なので味見をするのが楽しみである。

昼食サンドイッチ、半分を漸く食べる。口を動かすのが億劫で、どうしようもない。

人参ジュースは蜂蜜その他、色々入っているらしい。北海道産であるが、頗るおいしいという程でもない。

筋肉がない四十キロなので朝は冬支度、昼は春、昼過ぎは夏と私の体の季節は人様とは大違いである。

（二〇〇七・七・二四）

## 括約筋

尿意はないが、朝五時半頃杖をついて便所へ、二十歩近い距離である。十歩ばかり歩いたところで急に括約筋がゆるみ、まだよまだよと呼べどとまらない。あて紙をぬらしパンツを通しパジャマをぬらし、足を伝って流れる。今までにこんな大事になったことはない。体の衰えをくい止めることは出来ない。括約筋はあってなきが如しになってしまったのである。

参議院選のテレビで各人が勝手な事をしゃべっていると頭では思いながら、体の一部は全くの赤ん坊とは情けない。九十七歳になって益々老いて来た。　（二〇〇七・七・二五）

＊

外は杖があっても歩けなくなった。玄関のベルが鳴ってもおいそれとは出られないので誰かに来てもらわなくてはと、安田さんという人に逢って見ると、なかなかよさそうな人である。上手にやってもらいたいと願う。

合歓の花とのうぜんかずら花ざかり、あじさいも、百合も咲く。

島津さん脳梗塞とか、知らなかった。一番暑い。平島さんより写真はがき来る。御元気らしい。

（二〇〇七・七・二七）

## 所持品

いずれにしろ九十七歳も半ばとなったので、いずれ近い内におだぶつであるが、はたと思ったことがある。私の衣類、私の本をどうしたらよいか考え悩んでいたところ、ある人から衣類は流行おくれでも持って行って下さると聞いて肩の荷が軽くなった。

次は本である。どうしようと口にすると年来の友達が全部貰うわよと言って下さった。両者とも私の魂がしみこんでいるかも知れないのである。ああ、よかったよかった。

（二〇〇七・七・二八）

＊

昨日の参議院選挙の結果、自民歴史的大敗と新聞は報じている。私もその通り、民主党に考えさせた方がよいと思っている。

昨晩大雷雨、池の水がきれいになった。
体がだるく特に背中を何とか楽にしたいと思うが、叩いてもさすっても効果なし。何事もない長生きならよいかも知れないが、痛い痛いの長生きは楽ではないとしみじみ思い、早く消えたいと願うばかりである。

（二〇〇七・七・三〇）

＊

私の物だけは誰かにお譲りしたいと思っていた事を、今日は決めることが出来た。
一、流行おくれの洋服類でも、もらって下さるというHさん。
二、三橋先生外の俳句の色紙、その他、額に入っているものをHさんとSさんに。
三、先日家に来て下さったKさんに書籍を。
と決めたので肩の重荷が軽くなった。いつ消えてもよいと思う。
痩せっぽちなのでみんなで肥えるようにと力を借して下さるが思い通りに行くであろうか。八月一日を出発点として、いかがなりますやらお楽しみ。

（二〇〇七・七・三一）

＊

私は早とちりをしたらしく、本を全部もらってもらえると聞いたのに、家が狭くてそんな事は出来ないといわれ、がっかりした。誰かを探さなければならない。

六時頃猫のゴンちゃんが起こしに来る。生きている甲斐のない日々が毎日過ぎてゆく。問題の多かった赤城農水相更迭とか、後は誰になるのであろうか。頭のきれる人であるように。私は内閣が変わった方がよいと思っているが、そうはゆかないらしい。

梅雨があけたという。暑くなるであろう。（二〇〇七・八・一）

＊

相撲の横綱は何をしているのやら、角力界だけでなく、すべての社会が乱れている。上に立つ人がしっかりしていないように思う。情けない日本になり果てたものである。

十一時少し前より右背部が痛む。二年前に心筋梗塞の手術を受けた時と同じ痛みの軽いのがはじまったが、客と話をしているうちに背中の痛み去る。

鈴木さん、日比さんは名医らしい。

昨日、米国のミネアポリスで突然崩落したミシシッピー川にかかる橋によって死者六人けが人多数とか大変な事故、車五十台以上墜落したという。

台風五号、九州に上陸しても大した事のないようにと祈る。

（二〇〇七・八・二）

＊

私の死後、この家も庭も八王子市に寄付しようと市へ申し出ていたが、漸く市側も具体的に動き始め、市の職員が見えて、私が生きている内に下の庭をとの事でまず池の縁を高くする等の工事をするとのこと。市へ移管すれば税金を払う必要がなくなる。もっともである。

私の命はいつまでなのであろうか。わかれば色々と考えをめぐらす事が出来るのに、わからないのがよいのかも知れないが、心許ないのである。

死ぬ前に知りたい事が沢山あり、本を読みたいが今年になって視力が衰え本を読むのに都合が悪くなった。日毎にすべてが衰えている。老いとはこんなものなのであろうか。

テレビはエイズの事を報じている。早く教育者は手を打たなければ、中学生、高校生の間に広がり大変な事になるのではあるまいか、と私は前から叫んでいるのに。

熱帯夜となり眠り難い。

（二〇〇七・八・三）

＊

三十二度、暑い。今年は暑中見舞いが来ない年かと思っていたら近くの人二人から来た。自分は出さないのに来ないと気にするのはおかしいけれど。

三樹先生の七回忌を九月三十日薬王院で行われるの案内来る。が残念ながら欠席、歩けない悲しさ。

夕食のごはんが少し硬かったので食道の上部から一時間も下へおりて行かず痛いし、苦しいし大変な目にあった。

毎日が苦の連続であるから、早く消えたいと思うものの、自分の骸を想像するのも疎ましい。

（二〇〇七・八・四）

＊

今日は亡夫の二十年の祥月命日なので澄ちゃんに連れて行ってもらう予定。夫の死ぬ五、六年前から葬儀の写真を小アルバムにしているのを改めて見直す。誰も彼も二十何年か前は若かったなあと感嘆の声が出て来る。

部屋でちょっと動いても目が回るので、澄ちゃんに代参してもらう。暑くてお気の毒と思うけれど。

雨の少ない今年は今迄になかった青藻が池に発生した。池全体に藻が広がり、二、三百匹もいる鯉は窒息しそうになり心配したが、藻を掬いとるより他にないので網を買って来て掬ったが、直径三十センチ足らずの細長い袋では思うように掬うことも出来なかった。するとし知恵が出てくるもので、長い網をたたみこんで針金のさきに円形を作り、平らな形にして藻を掬ってみると、深さがないので軽々と掬うことが出来て、やれやれである。

少し太い針金を買って自作の掬い網を作る予定である。何とか早く池の緑の藻を退治したいものである。

細長い網をしばって短くし、深さのないものにして藻を掬ってみると面白いように藻の塊を掬いとることが出来るが、池に段々近づくのでどぶんと身投げをする事になるかも知れない。死んで何日かたっているのか、白く色の変わった鯉が浮いていたが掬いそこねた。前から池にかかっている苔むした橋を渡る度に足が滑るような恐れをいつも持っていたが、藻を掬うようになってその感が深くなった。何年か前に白鼻芯が水を飲みに池にはいり岸に上がれず水死していた事があったことを思い出す。

（二〇〇七・八・五）

*

朝七時、庭の池を見廻る。昨夕、夕立があったので藻がなくなったのか全く見えない。しかし、真鯉二匹が死んでいた。

原爆が広島、長崎へ投下された事実を知れば知るほど、上層部の頭脳の低さを感じ、死なないでもよかった人を何人殺した事かと知れば知るほど、腹の虫が今更騒いでも仕方ないのに騒ぐ。

青少年は公園で寝ている老人に火をつけて殺そうとしたりする。ホームレスの老人は死んでもよいと思っているらしい。

（二〇〇七・八・六）

*

昨晩、小林さんという読者が一時半頃見えると電話。楽しみである。朝から動悸、いつまで歩けるやら。医者として静かに息をひきとる死を見せてもらっていたので、心筋梗塞の大発作で死ぬ時はどんな様子なのか、脳梗塞の大発作なら意識不明となり苦しくないであろうと、最後のことを考えても仕方ないことを考えてしまう。

私はいつまでの命をもらっているのであろうか。後二、三年の命なら手持ちの金で何とかなるものの、それ以上も生きるのであったら金がなくなり、生きて行かれなくなる。

八王子市への寄付も考えもので、売って金にしておいた方が何かと便利と人様に言われれば、なるほどそうだ、と思ったり、呆け婆さんは確たる信念をもっていないのが悲しい。

（二〇〇七・八・七）

＊

中里先生より「老いて衰えず」という本が送られて来た。ゆっくり拝読することにする。

十市さんよりお上手な字で手紙をいただく。

「愛の曼陀羅」の作者の内田和子さん来訪。

（二〇〇七・八・九）

＊

今日も暑い。だるい。櫻井さん、往診とあるもよくなるものでもない。

応接間を書斎にしたり、休憩所にしたりすればよいとの進言。なるほど、そうすることにする。

　源氏の菅原さんともう一人、暑さの中を来て下さる。二十五年続いた源氏物語も来春でおしまいとか、よく続いたものである。四名が初めから終わりまで講義をうけた。大したものである。

（二〇〇七・八・一四）

＊

　ペルー地震で死者三三〇人、負傷者八百名以上、大変なことである。ペルーは地震国とのこと、津波が明日、日本に届くので注意するようにとのこと。

　最高気温が七十四年より更新し四〇・九度に達し、わが家でも三二度になった。部屋の中でも熱中症で死亡した人もあり、私もベッドで横になっている。だるくて頭は回らなくなり、何をする気も起こらない。

　米国の低所得者向けの住宅ローンの焦げつきで、世界中株価が低迷していたが、円は急騰し、一一三円台にもちなおした。今後どう動くやら心配である。

（二〇〇七・八・一六）

＊

太平洋側にはるばると津波が届いたらしいが、大したことはないらしい。右のものを左に移したくない程の無精者となる。

今迄鯉が水面に浮いていた事はなかったのに、ここのところ浮いているので何事かと思っていたら、今朝五十匹も死んでいたという。この暑さで水温が高くなったためであろうか。わが身も同じであるが、どうしようもない。生き物は飼うものではなかったと思う。

（二〇〇七・八・一七）

＊

立って向きを変えれば茶道具がある。茶を飲みたいが面倒で行動に移せない。それなのに頭の方は人よりも働き、すべてを体は動かないのに自分でさっさとしてしまいたくてじりじりするし、我慢するのに苦労する。馬鹿な婆さんである。八月十八日は三十度以下で涼しく一息出来たが、今日は朝からかんかん照り、三十度を越した。池の鯉は今日も死ぬことであろうが、水道水を出してやるくらいのことしか私の頭では考え及ばない。

熱中症にならぬようにベッドの上にいるので何もしない。なまけものである。

（二〇〇七・八・一九）

＊

今日も暑い。

高齢者の医療が大きな転換期を迎えている。長期入院を受け入れていた療養所が減った。厚生労働省は入院する必要がない人が入院しているとして十一年度末までに現在三十七万ある病床を二十二万床減らして四割ほどにする。退院出来る人には自宅や介護施設に移ってもらおうと考えている。行き場のない人は、どうするのであろうか。

（二〇〇七・八・二二）

＊

午後久しぶりに短歌の会。

ここ一ヵ月近く大切なものがなくなる。大事な大事な老眼鏡が紛失した。私が大切にどこかへしまいこむのであろうか。もの忘れのひどくなった私なので人を疑うことは出来まいと思いつつも、そちらの方へも心が動く。

温度はさして違わないのに雨のため涼しく体をのびのび伸ばすことが出来る。又御飯が食道を下へ下りてくれぬ。余程狭くなったのであろうか。

井出さん御主人が御病気、その後死去されたので何ヵ月か休みにしたか、久しぶりに三人の短歌の会、下手は下手で継続することに意味があると思う。（二〇〇七・八・二二）

＊

寝ていても腰痛。痛い痛い。

浅原さんの御子様の「和のこころ」

中里先生の「老いて衰えず」

五味澄子さんの「環」

その他、雑誌類もこの暑さと老眼鏡の紛失のため、読めないでたまっている。

「ありがとうございました」を読んで下さった見も知らぬ人より電話や、逢いに来て下さる。何人かいらっしゃる。嬉しい事である。

この暑さで熱中症の一歩手前か、だるいし、体を動かしたくない。けれども歩けなくなりたくないので朝七時前にゴンちゃんと池を一周する。

近頃は孫が勉強しろとしつこく言われたと祖父を殺したり、片思いの巡査長が女を殺し自分もピストル自殺をしたりと人の命が粗末にされている。

横綱が何とかで角力界がゆれている。他民族がトップになっているのは日本人がしっかりしていないのがそもそもの原因なので、とやかく言うのはおかど違いと私は思う。日本の若者よ、しっかりしろと大声をあげたい。

（二〇〇七・八・二五）

＊

今月もだるくて身のおき場がない。

道を歩いていて車に無理に押し込められ、殺されて金銭をとられて山の中に埋められる事件が起こった。うっかり一人で歩くことも出来ぬ。犯行の理由が金がないのでやったと言っている。金がないとは悲しいことである。なんとか職を見つけられないものか。

内閣大改造、国民の道徳心、失業して金がなくて盗みを働く人がなくなるような世の中になるようにと望む。

夕刊に大きく「ネットカフェ難民五四〇〇人、二十代最多二六％」と書かれていた。

私はネットカフェ難民の意味を知らないが、読んでみてわかった。

人を雇って働いてもらう側は最低一ヵ月二十万を支払うべきであるという法律を政府に作ってもらいたい。やとう方は安ければ安いほどよいと思っているのであろうが、人ひとりが暮らせる賃金は支払うべきであると、声を大にして叫びたい。

久しぶりに洗髪。

（二〇〇七・八・二八）

＊

八時頃まで眠ってしまった。それでもだるくて右の物を左に動かしたくない。

芙蓉の花が咲いたというので、露にぬれて見にゆく。淡い桃色の花、夢のように咲いている。一句と思うが出来ない。曇っていて暑くなく過ごし易い。朝顔が篠の先で咲いている。

猫のゴンちゃんが姿を見せぬ。

（二〇〇七・八・二九）

＊

先日台湾より沖縄へのボーイング機が火災を起こした原因を、日本の同型でも調べていたら、ボルトが固定されていないのを見つけた。製作過程で固定されなかったらしい。世界的に完全なものはないと思っても思い過ぎではないような世の中になったとは、嘆かわしい。

昨日講談社よりグラツィア届く。私のインタビューと、皺だらけの写真がのっている。恥さらしのようだ。文章を書くのも骨が折れるようになった。もうおしまいかも知れない。

（二〇〇七・八・二一）

朝食を少し食べた。のどに食物がつまり小一時間とどまり痛む。椅子から立ち上がろうとして転び、頭を襖にしたたかぶつける。相手がよかったので瘤出来ず。

俳句の人等見えるかしら、一ヵ月ぶりに逢えるのが楽しみ。

＊

先日暴力団の親分が殺されたという。時々こんな事件が起こる。

そもそも暴力団とは何をしている団体なのであろうか、私はよく知らないので聞いてみると、小料理屋に場所代を出せと集めに来るという。それも不釣り合いの金額であると。暴力団はこのように小さな商人から金をせびりとるダニのような存在であるのを警察も知りながら解散させる事が出来ないのは何が原因なのであろうか。曰く言い難い何かが警察と暴力団の間にあるのであろうと推察する。

俳句の会が始まり、尾瀬で働いている人以外の六名集まる。深ノ浅、の席題。いつものように楽しい雰囲気、集まって考えて発表して批評しあうとは上手、下手は別として楽しいものである。俳句の会にしろ、短歌、エッセイにしろ、呆けない限りは続けたいが、いつまで続くやら。

前の池の蝌蚪ただ一匹浮き沈みを続けている。九月までとは、長生きは出来ないのではないかと心配。植木屋来る。

デパート大丸と松阪屋が経営統合して発足。世相とともに動く業界は慌ただしい。思いつきの俳句が浮かびノートに書き込もうとして話しかけられ、書く間がなかった句を、後でいくら考えても浮かんで来ない。誠に見事に忘れるものであるとあきれる。

銀行の通帳を銀行の外交の人に渡したり受け取ったりしながらも、拡げた事はなかったが偶然にあけて見ると、ある所に毎月支出することになっている。係の人に来てもらうと、支出になっていると思っていたのとは反対に収入なのだった。眼が見え難くなったり、頭の回らなくなった老婆のかんぐりであった。老いとは情けないものである。

おいしいいなりずしも、お結びも三度に一度は食道の入口あたりにひっかかり、胃まで行くのに小一時間かかる。これではいつまでたっても目方は増えない。

（二〇〇七・九・二）

＊

台風が近づき朝から雨、外を歩けないので猫と家の中を二、三回歩き回る。昨日ろくに食べなかったのにまだ空腹感なし、どうなっているのかしら。それでも朝食は七分目は平らげられた。

廊下の硝子障子の外の植木棚の夕顔の葉のいくつかが、雨に当たってゆれている。

親しい人の連れ合いが肺癌らしい。又かと眉をひそめたくなるものの、どうすれば最良の手段になるのであろうか。

グラツィアという講談社の雑誌に私の記事が載り、兵さんがわが事のように喜び、自分用に本を買いあちこちの人に読ませ、大はしゃぎをしているのを私は冷静に見つめている。事実と反対の記事もあるが、兵さんの気持ちがわかっているので、くすぐったい。兵さんは私の死を見取って下さる人である。私が亡き人になったようにそこここの人と楽しく私の思い出話をしているらしいが、くしゃみは出ない。

いつだったか寝ていても腰が痛いと言った事を覚えていて、マットを注文してくださっていたのが届いた。私の気に入らぬものが来るような予感がしていたが、ぴったりと当たり、敷布団ととりかえて寝て見ると、綿と違って通気性がないので寝苦しく、夜中に敷布団ととりかえてもらった。真冬になればよいかも知れないが、返すことにした。

（二〇〇七・九・五）

＊

九号台風は去ったらしい、二階の下の部屋だし、耳が悪いので大雨、大風も耳に入らずのほほんとしている。二階に雨もりがあったか見てもらう。異常なしという。

十時半頃左の背中が痛くなった。一昨年の心筋梗塞の手術の時ほどではないが痛いので医療センターの救急室へ行き、検査をしてもらう。心電図その他でも異常なしと。そうとは思いながら検査に頼るのは、何であろうか。何でもないと言われたいのか。常日頃、早く死にたいと言いながら、私の心の弱さであろうか。

朝から陽はさんさんと照り台風一過の良き日となった。まだ花の咲かない夕顔の蔓が軒下まで伸びて風にゆれている。そのうち陽よけになるであろう。（二〇〇七・九・七）

＊

朝七時前に猫と池の様子を見ながら庭を歩く。池は満々と水をたたえて静まりかえっている。日毎に道の草の伸びること。生命力の強さに今さらながら驚く。

朝日新聞の夕刊の「素粒子」を読むといつも胸のすく思いがするが、今日のは「いま、必要なヒーローとは」に対して「職種を問わず、男女を問わず、年齢を問わず、もっているものを全力で出せる人」と書いてある。私も大賛成である。すべての人にこれを望む。

（二〇〇七・九・八）

＊

昨日も暑い日であったが、今日も三十度を越すかもしれない。彼岸が近いのでもう少しの辛抱である。

それはそうと私はいつまで生きるのであろうか。私の敬愛した四賀光子先生が九十二才で逝去され、夫の小林郷三も九十二才で死去したのでその年になるかと思っていたが、何事もなく過ぎ、九十五才で心筋梗塞で手術をうけ、何とか息苦しさと動悸は残ったもののまだ生きている。

現内閣は何人も農林関係の大臣が変わったという汚点を残した。首相そのものがその任でもないのにかじりついているのを、辞めさせる側近もいないのであろう。情けない内閣、祖父や父が偉い人であったにしても孫や子も優れた人とは限らない。

台風のためにまだ孤立した村が群馬にある。多摩川では島で浮浪者が四、五百人寝泊まりをしていて、皆助けられたらしい。浮浪者に職を与えるような会社はないものであろうか。住所もないと生活保護も受けられないというし、いつ誰がそこまで落ちるかわからない世の中である。

水引の花、秋海棠が美しい。

今まで長年、植木屋は朝夕の挨拶をしたことがなかったので、急に朝晩玄関での挨拶に戸惑う。誰かに注意されたのであろうか、聞いてみたいものである。

水俣病救済でまだ、すったもんだと騒いでいる。国も悪いが、苦しむ人のために会社に何とかするように命ずるべきではあるまいか。私もあちこち痛んだりするので、その苦しみがよくわかる。

テレビ能の姥捨山を見る。五、六十才の頃、夫婦で教えを受けたがもう忘れてしまった。現在とは発想が違うけれど、あわれな物語である。

（二〇〇七・九・九）

*

降ったりやんだりの天気、まだ夕顔が咲かない、待っているのに。やせて寒がりとなり、毛糸のチョッキを夏中朝は身につけていたが、今は尚更寒さを感じる。

（二〇〇七・九・一〇）

＊

今日も雨、その為か寝ていたいが、六時を過ぎると起きる支度を始める。

近頃、杖を持って入る便所の中でよろめく。便器に腰かける時、便器がもっと高いとよろめかないと思いながら手をついて漸く腰かける。元気な時はちょうどよかったのに、なぜ低いと感じるかわからない。

朝は少々食べただけ、でも昼はおいしくもないホットドックを何とか食べられてよかった。夕食は何とか食べられた。

（二〇〇七・九・一一）

＊

秋雨が続く。やせているので二十四度なのに寒い。

遺書をあまりに早く書いたので不都合になり、書きかえなくてはならない。早く書かないといつまでの命かわからないのでと思うと気があせる。

夜九時、ベッドへ入ると一時頃目が覚め、あれこれと思いわずらいなかなか眠れない。

思っても仕方のないことまで考えてしまうのである。生きているということは大変なことと毎晩のように思う。

午後一時頃、安倍首相辞任せりと。とやかく言われていたので、もっと早く辞任するならすべきだったと思う。後は誰が首相になるやら見ものである。

短歌の会、兵さんも加わり四名となり、よかった。

（二〇〇七・九・一二）

*

デパートへ連れていってもらい、目がまわる感じ。世の中が段々わからなくなる。記憶力がひどく衰え、電話で誰かと話しても、電話を切るとその内容をもう忘れているのである。もう電話では駄目、はがきをもらわないと。困ったものである。

（二〇〇七・九・一三）

*

百歳以上の老人が三万人を越したという。三万二二九五人、女性は二万七六八二人で八五・七％を占め男性は四六一三人であった。

二、三日前より右前膊に一センチの正方形のあざやかなあざが出来た。何を意味するのか。

（二〇〇七・九・一四）

＊

麻生、福田、二名自民党総裁選に立候補。

毛類を二枚着てもまだ背中が寒い。筋肉が少ないとこんなにも寒いのかと不思議。背中を暖めて漸く人間らしくなる。

昨十四日、月の起源や環境などを探る月探査機「かぐや」をのせた国産のH2Aロケット13号が午前10時31分鹿児島種子島の宇宙航空研究開発機構種子島宇宙センターから打ち上げられ、軌道に投入することに成功した。地球を二周した後にエンジンを噴射して月へ向かう。約二十日後に月を回る軌道に到着する。

かぐやは「米のアポロ計画以来の本格的な月探査」という。月へは中国が十月にも、米、インドがそれぞれ探査機を送りこむ計画で、かぐやが「観測ラッシュ」の先陣を切った形になった。これからも順調に進んでくれるとよいがと祈る気持ちである。

北海道、芦別の女子トイレに、黒いポリ袋の中に現金約一千万円と「寄付です」の手紙が入っているのが発見された。市長様へ、お世話になりました、と名前はないが年配の女性ではないかと見ているという。どんなお金なのであろうか。（二〇〇七・九・一五）

＊

九月の初めに朝日新聞で「いじめに関する意見情報」をと出ていたので私の十二、三歳の頃の出来事を書いて投稿した。すると一週間目に新聞に載せますからの返事があった。新聞を送りますとのことで、朝日新聞を毎日読んでいながらもいつ来るかと待っていた。すると十五日の朝刊「学ぶ」という欄に私の文が出ていると小ケ倉さんより電話があった。「先生の話で一つに」と題して「聞いて聞かせて」と文の中央に青い字でこの文を引き立てているように思える文章が出ていた。この文章は私の「ありがとうございました」の本にも出ているが、その時はどんな事件でこの文が出来たか思い出せなかったが、漸くいじめからの思い出であると、遠い昔を思い出した。

師範学校を出た先生ではなく、美術学校卒業の結婚前の先生であったが、生徒の一人一人をよく理解し、時間があると日展に出品の作品であろうか、描いていらっしゃるらしかった。

私の本文は、いじめられている子がいる事を知られた先生が、女学校の二年生であった生徒を放課後教室に集めて、諄々と人の進むべき道を説かれた。説き進められる程に感極まって泣き出す子が一人二人と数を増し、やがて全員がわあわあと泣き、いじめた子もいじめられた子も心が解けてなごやかになり、以後争いやいざこざは起こらない級になった。これはすべて尾藤先生の温情、人格、教養の賜物であった。クラスの方々も大半は亡くなられたが、これを思い出す私は今も生きている。

（二〇〇七・九・一六）

＊

人に何かを頼む時、私の説明が下手なのか、理解をしてもらえないのか、頼んだことと全く違うことになる。どちらが悪いのかと思うことがしばしばある。何れも単純なことなのに。生まれ育った違いのためであろうか。

今朝の新聞によると高校三年の男子が便所へ行くと断わって教室を出て、投身自殺をしたという。同級生に金をせびられ、総計五十万円にも及んだという。便所へ行くと言ったその様子から教師は何も分からなかったのであろうか。私は教師の無能さを嘆くものである。生徒の顔色、態度を見ていないのであろうか。

女は強い、を見せつけられた。柔道の谷亮子氏が出産後にもかかわらず四十八キロ級で七度目の優勝をかちとり金メダルを手にしたという。その努力は見上げたものである。

夕顔の蕾が大きくなり、捻れ始めている。しかも二つも。昨夜も咲いたらしい花殻がついていたが気がつかなかった。折り畳まれた花弁が段々とほぐれると同時に芳香を放っている筈であるが、嗅覚を失った私の鼻は役に立たない。やがてひだがなくなり、花弁のない純白な掌大の花二つが多少ずれて咲いた。多くの人にこの清純な美しさを見せてあげたいものである。

（二〇〇七・九・一八）

＊

十六歳の娘が父親を殺したという。死んでしまえば妻や子は生活出来ないことがわからないのであろうか。年若くて人を殺す事件が多くなった。何が原因か。

いよいよ呆けたことを証明出来て、やっぱりね、とうなずいたことをひとつ。

ある会費をいつか払ったので、その領収書があるはずと探し始めた。そのうち探している物が何であったかわからなくなった。それでも探し出せばわかるとなおも探したが、余計分からなくなった。本当にわからなくなったのはこれが初めてのような気がする。

（二〇〇七・九・一九）

＊

七時前に猫と一緒に下の庭を一周する。久しぶりのことである。いつもより歩いたことになる。

私の体はのろのろやっと動いている。電話のベルが鳴ると耳が遠いのでまずテレビを消し、受話器をとるがもしもしと言うや言わないうちにカチャンと切られてしまう。やっとの思いで電話に出たのに、もう少し長くベルを鳴らして下さったらよかったのに、気の短い人、と諦める。からだが元気ですばやく動けたらと悲しい。

目から鼻へ余分な涙を流す管が機能しなくなり、いつも涙が瞼の中にたまっているのですべてがうるんで見える。あちらもこちらも故障だらけということになる。

朝日新聞と週刊新潮と週刊文春ともに福田康夫氏に不利な記事の広告が大々的に出ている。効果があるものなのか。

（二〇〇七・九・二〇）

＊

朝食前に歩いたら食べたくなるかと、七時前に猫と庭を一周するも食欲なし。住友氏より「国民文学年鑑歌集」を贈らる。一首一首味わうので急には読めまい。

朝日新聞夕刊の一面の右側にいつも素粒子を書く記者の顔が見たい。毎日よくもよくも頭の回ること、いつも楽しみに読んでいる。例えば「似たもの同士の安倍首相と横綱の朝青龍、見物にまともなご挨拶もなく、逃げるように消えました」と。

（二〇〇七・九・二一）

*

朝七時前に庭を猫と一周、途中陶椅子で休み、猫の背中を撫でている時、椅子からころがり落ちて立ちあがれないで暫くじっとしていたが、何とか椅子に戻れた。

年金横領、所得隠しと毎日のように新聞を賑わしている。日本人は自分さえよければ人に迷惑をかけてもよい人でなしになったのであろうか。年少者が人を殺す事件も多くなり、二、三十年後は日本は亡くなるのではないかと心配。

一ヵ月以上になろうか、いつも遠くまでひびく声なのに痰がつまったように低い通らない声になってしまった。今に声が出なくなってしまうかも知れない。耳鼻科の医者に診察を受けても治りそうもない。

大分前に「近頃俳句をやめたのですか、俳句のテレビを見ていませんね」と言われた。言われてみると俳句の番組を全く見ていなかった事を思い出し、一年ぶりかも知れない土曜十一時からの道後からの俳句のテレビを見て心が洗われた。以後忘れず見ることにしよう。


便りをもらって返事を書き郵便番号を書こうとしたが、差出人で郵便蕃号を書いている人は少ない。郵便局で仕分けをする為の番号と思い、返事を書く度にその人の郵便番号を探し出して書くことにしている。自分の番号は覚えている筈なので、書くことは雑作ないと思うが、書かない人が多い。どうしてかしら。

（二〇〇七・九・二三）

＊

エイズに有効とされていたワクチンが無効であったと発表された。早く有効なものをと願っている。

十二月に役を投げ出した安倍さんの次の総裁選の地方票は福田氏三三〇、麻生氏一九七と数が出る。福田氏が自民党の総裁になることになる。親子で首相とは珍しいという。

（二〇〇七・九・一三）

*

角界はモンゴル人白鵬が優勝。日本人は何をしているのであろう。若者の精進を望む。久しく新聞の俳壇、歌壇を見なかったが、読んで見ると大した句も短歌もないと選者になったような気になる。私自身、佳作は出来ないのにと思いつつ、どこのグループも質が落ちたのであろうか。

原稿用紙の上に猫が坐り邪魔をする。何かを言わんとしているのであろうか。

昼過ぎ左背部に心筋梗塞かと思う程に痛み増す。ニトロールも間をおいて二錠舌下へ、背中を撫でてもらう。二時間後に痛み去る。休みでなかったら救急車で行くほどの痛みであった。今日は涼しい。

（二〇〇七・九・一四）

*

今日は好天気、暑くなるらしい。今宵は中秋の名月なので供花を切る、と言っても吾亦紅と藤袴と萩の三種しかなく、男郎花、紫式部等を採取する。句と短歌が出来るとよいが。

満月が美しい。

（二〇〇七・九・二五）

＊

久しぶりにある人に電話をかけると、ご主人であろうか、ご用件はとだしぬけに言われる。奥様はと言っても返事なし。とりつく島がなくて電話を切る。朝からいやな気持ち。死期が近くなったのか、幼時から覚えている人の顔が目の前をちらつく。お名前は忘れたものの、その人との間になにがあったかおぼろに覚えている。不思議である。女学校二年の時の国文の先生から創作帳に思った事を書いて出してくれれば添削して返しますよと言われて、数人が提出し赤いインクで色々と書いてもらい嬉しくなった。書くことを教えてくださった藤田先生を忘れることは出来ない。少しは名文が書けるようになっていたらよかったと思うが、どうしようもない。

（二〇〇七・九・二六）

＊

ミャンマーで僧や市民等による反政府デモに軍事政権が暴行を加え、死者四、五名、二百名あまり拘束したという。

発足した福田内閣は支持五三%という。

日本最古の木製仮面発見、宅地造成に伴う発掘により、木製仮面としては最古であるらしい。

（二〇〇七・九・二七）

＊

朝方寒く布団を出して着る。起きたくないというよりも何もしたくない。ゴンちゃん布団の上にとび乗る。

陽の暖かさがありがたいようになった。

ミャンマーで流れ弾による日本人記者死亡との事、デモでは何が起こるかわからない。角力界で弟子が死亡、親方がビール瓶で頭をなぐったとか、無理な稽古をさせたとか。命の重みを忘れるほど人の心が荒れて来たのであろうか。

墓まいりをするので朝の散歩をしなかった。猫は散歩を楽しみにしているらしく、口に出さないが態度で見せている利口者である。

墓参。暑い暑い。逃げようがない。地球は狂ったのであろうか。

早く死にたいと思いつつも、息絶えて蒼白となり、だらりとしてしまった私を想像するのはおぞましい。早く箱の中におさめてもらいたい、等とちらりと考える。

今までもしていたが、死の準備を考えなおしている。夜中に眠れない時は専らその事ばかり。いかに皆に迷惑をかけないように出来るかと。敏さんが優れた人なので大助かり。

（二〇〇七・九・二八）

＊

急に気温下がり寒い。容子に何度電話をしても通じない。何事か起こったのであろうか。父を殺す中学生がいると思うと、病気の老妻を看病出来ないと殺す夫あり。それぞれに理由はあろうとも外に道はなかったのか。

何の目的もなくぼんやりと暮らすことの空しさ、どうすることも出来ぬ。近頃は猫さえもよりつかなくなった。

（二〇〇七・九・二九）

＊

気温十度と寒い。

沖縄の集団自決に軍が関与したのに、そのことを書いていた教科書検定を撤回することになったらしい。歴史を曲げてはならない。都合が悪いからと言って事実を隠してしまってはならない。明治よりこの方、正しくない事を大っぴらに教科書にのせている。恥ずかしいことでも当時は正しいと思っていたかも知れないが、歴史としては正しい事を書いてもらいたい。

今月の新聞は私が書きたいことが多い。

癌のつもりで取ったのが他人の肺結核の肺だったとか。前にもこんな事があったが、手術者よりも身近の世話をする看護師等の不注意が多いと思う。生命に携わる者が何をうかうか働いているのであろうか。

いつも書くことながら、いつ歩けなくなるか不安ではあるが、何とか杖を頼りにゆっくりながら息をきらして歩けるので感謝している。

辞書の字が小さくて見えなくなったのに電子辞書が行方不明となり、どうしようもない。今日は手伝いの人が用事があり出かけたので午後留守番。夜は眠れずあれこれ考えているのに昼は忘れている。香典返しが来て御仏前に供えたことを思い出せず、記憶力は全くなくなった。

（二〇〇七・九・三〇）

＊

植木屋の親方に聞いてみると日当二万三千円なりという。まだ腕のない若い者にそんなに支払っているかと驚く。十時に一時間、三時に一時間の昼寝をしているし、その上出来上がりは立派ではない。もう頼むのをやめようかと思う。二万三千円とは恐れいった。デパートが合併したり、郵便局は会社となったり、経済のことはよくわからない。長く生きると目まぐるしく変わる世間に驚きの目を見開くばかり。

（二〇〇七・一〇・一）

＊

朝は寒くなった。全く食欲なく二口三口御飯を、玉子牛乳は飲んだものの、どうして食欲がないのかしら。栄養不良で死ぬのであろうか。食事をして動悸がする。私は産婦人科を専門としたので内科のことは委しくない。誰かに説明してもらいたいものである。テレビの若いアナウンサーの話し方が早口で聞き難い。女性のきんきん声も聞き難い。日毎に五感が衰えるのをどうすることも出来ない。二、三日前より新聞の論説を読んでも文字を追うだけで意味がわからなくなった。

部屋を掃除してもらう。
あけびの実は美しく実り、上品な味。
（二〇〇七・一〇・三）

＊

小学生や中学生の女子が妊娠し独りで産み、臍の緒をつけたまま捨てる例が多いという。母親はお腹の大きくなったのを気がつかないのかしら。小学生から性教育をわかり易く十分にするべきと思う。

今日は朝から陽が射してすがすがしい。朝、夕顔がきれいに咲いている。陽にあたるとすぐ凋むけれども。今、水引の花が美しい。

何が悪かったのか下痢をする。それでなくても痩せているのに、目もあてられない。

世の中には頓馬なことがあるものとあきれる。飛行機の機長が証明書を自宅に忘れたため飛行機が欠航したというのである。

相撲部屋という特別の社会ではけいこと称してかなりなことが行われているとうすうすわかってはいたが、明るみに出ることとなる。

新入りの力士を親方と兄弟子が暴力をふるって死亡させたことが明らかになった。色々な社会で暴力がまかり通っている。

（二〇〇七・一〇・四）

＊

先日打ち上げた「かぐや」月を回る軌道にのせることに成功した。かぐやは今後二つの子衛星を順次切り離し、長円軌道を高度１００キロの円軌道に変えて約一年間にわたり月を周回する。十二月中旬に始め、月の元素の分布や磁場の様子、地層などを調べる予定とか。

かぐやは国内外の約四十一万人の名前とメッセージを載せている。宇宙機構が「月に願いを」として公募したという。

（二〇〇七・一〇・五）

＊

珍しく今朝は空腹感あり、朝食を全部食べるということになった。これを機に少し肉がつくのであろうか。それにしても眠い。二時間は新聞を読みながら机の前でうたた寝をしたらしい。居眠り婆さんである。

我家では植木屋の支払いが家計を圧迫している。日当は組合で決まっているのかと思ったら、そうではないらしい。一ヵ月十五万円ももらえない大の男が大勢いるというのに日当二万三千円である。世の中はどうなっているのであろうか。経済にうとい私はあきれ果てた。

富める人はその上に金を集めようとしないで人々に生活出来るだけの収入が得られるよう職を与え、自らも世の中のために金を使うべきではあるまいか。毎日汲々として暮らしている私の夢ではある。

書く程の事ではないかもしれないが、あまりに珍しい事なので記す事にする。明方午前四時頃だったと思う。便座にすわっている時、ほんの少し上の方へ体が持ち上げられたような気がした。部屋へ帰ってテレビを見ると八王子は震度二と出ていた。たしかに地震であったのに地震とは思えぬ動きであった。

「ありがとうございました」の本を買って読んで下さった小原満里江さん、宮崎教子さん来訪、うれしいことである。

（二〇〇七・一〇・六）

＊

夜中に便所へ行こうと立ち上がると両手の感覚がにぶい。脳梗塞かと思ったが両方の手だし足は何ともないので安心したが、足はなかなか動かない。早く便所へ行かないとおもらしをするかもしれないのに。

ここのところ十日ばかり新聞を読んだのを忘れてまた読むことが多くなった。物忘れがひどくなったのであろうと思いながら、しっかりしてよと頭を叩きたくなる。

今朝は二十度、寒い。

（二〇〇七・一〇・七）

＊

今日は体育の日とか。連休になるようにと勝手に日を動かされるので、老いた頭には何の日かわからない。休みも忘れて働いた何十年前とは大違いの世の中となり、遊ぶことに心を使うだけのいやな世の中になっている。

通りすがりの人を後から刃物で刺し殺したり、万引きに入り追いかけられて刃物で刺し殺したりと。大体何も必要ないのに刃物を身につけているのがおかしい。これも貧困が原因のような気がする。

八月休みで二ヶ月ぶりの句会。よい句は出来なかったが楽しい会であった。

（二〇〇七・一〇・八）

女子医専の頃からの親友の俊子さんを、入院先から娘さんが連れて来て逢わせて下さるという電話。うれしい。うれしい。

相撲界では弟子の一人が暴力により死亡したことから親方は追われ、現役の力士が親方となった。何れの社会も暴力はきびしく取り締まらなくてはならない。

（二〇〇七・一〇・九）

*

## 二度と来ない日

こんなに嬉しい日は又と来ないであろう。毎日ぼんやり過ごしている私に今日は思いもかけぬことが起こったのである。

数日前に「人見ですが十一日の二時頃伺います」という電話があった。私は夢ではないかと思った。ずいぶん逢っていないし、最近は入院していると聞いていた名前だからである。

彼女は女子医専時代の親友でよくお家へ伺って御馳走になり、御兄弟とも親しくしていたし、彼女の結婚後もよく伺ったものであった。いつか一度新しいお家へ伺ったことがある。ご自身は開業され、近くに娘さんも歯科を開業されていた。

私は二時になるのを待ちかねお茶菓子の用意をした。運転する人、傍についている人と三人の客人である筈。

見えた。見えた。私は思わず、俊子さん、俊子さん、と大声をあげた。白髪のおばあちゃんでやはり背は高い。足も私の足と同じように思うようには動かないようである。

私の家へ娘さんに連れて来られたのがわかっているのかどうか、私は旧姓の内藤よ、と言って見る。

よくもよくも娘さんのやす子さんご夫婦が私の命のある内に母の俊子さんを連れて来て下さったことと感激する。実は二人の仲人をしたのは私であるが、お聟さんも白髪になっている。

俊子さんとの会話はあまりなかったが、何れにしろ生きて逢えたことはこの上なく幸せなことであった。もう逢えないわね、と心で思いながら去って行く車をいつまでも見送っていた。

（二〇〇七・一〇・一二）

*

近頃の子供の名前は考えても考えても読めない文字の名前が多いとの新聞の記事。七音（ドレミ）雪月花（せしる）大生（ひろ）と私も全く読めない。法律では読み仮名の規定がないというので親は好きな読み方で命名するのであろうが、子は一生、負担に思って暮らすのではあるまいかと心配する。現在でも読み難い名前をつけられて苦労している人が多いようだ。

夏冬物の入れかえをする。腰痛で苦しい。

（二〇〇七・一〇・一二）

*

朝から眠い。新聞も字を追っているだけ。眼はかすみ、耳はよく聞こえないし生きている甲斐がない。びっくりするような嬉しい事はないものかしら。

遺書を書きかえるためにあれこれと人様に頼むが、思うように渉らず、やきもきする。人様に何かを頼むというのは大変なことであるとは知っているものの大変である。

年をとると何をしてものろく、思うようにゆかないとは知りつつもどかしい。愚痴を聞いてもらう人の声が小さく、耳の遠い私には不向きである。

猫が顔をくっつけに来る。猫も寂しいのであろう。寂しいもの同士言葉は通じなくても同じ部屋でぼんやりしている。

真犯人と間違われ二年と何ヶ月か入牢していた人が、真犯人がわかり世の中へ出て来たが、その賠償として何が行われるのであろうか。警察や弁護士が間違えましたとだけでは理に合わない。

（二〇〇七・一〇・一四）

＊

夕食後二時間を経過してからいつも入浴することにしていたが、段々と面倒になりやめることが多くなった。夕食前にお風呂にしたらとの進言に今日試みてみる。湯ざめで風邪を引くと困るので下着をとりかえ、上は着ていたものをまた着る。寝る前に寝巻に着換えるのが面倒だけれど仕方がない。

少し前に電子辞書を買って来てもらったので早速、使ってみた。「面倒なので」と書きたくて、ところが該当語なしと出た。もう一度セットして見ると「面倒」と漢字が出た。どうなっているのであろうか。誰かに教えてもらわなくてはならない年になってしまった。

今朝の新聞に「救急延命中止に指針」と大字が一面に出ている。私はもう何年も前から尊厳死協会に入り、死が近い事がわかっているのにあれこれ注射をされて生きていたくないことを申し出ている。

（二〇〇七・一〇・一五）

＊

昼食時、日比さん色々とおみやげ持参、嬉しいことである。色々な先生方の俳句の色紙を見る。素敵な句に吸い寄せられる。ついでに小林亡き後に草花を色紙や障子紙に描いたものを久しぶりに出してきて日比さんと見続ける。よく描いたものよ、と吾ながら感心するほどに久しぶりに見たのである。

撫でてよと猫膝の上外は雨

（二〇〇七・一〇・一六）

＊

私は死刑は人が人を殺すことであるから絶対に行うべきではないと前にも書いたが、今もその心は変わらない。殺してしまえばそれまでである。が私は一生人を殺したことを悔いて死ぬまで菩提を弔ってもらいたいのである。死ぬよりもその方が加害者としては苦しい筈である。

私は屁理屈を言って大人を困らせているらしいが、体は歩きはじめた小児のように方向転換をするのも歩くのも大変。よっこらよっこら廊下に杖の音を響かせながら体を移動させている状態である。ところが頭は人並み以上に使えるので、誰も体が思うように動かないとは思わず、心遣いはおろそかであるのを私は淋しくくやしく思う。

（二〇〇七・一〇・一七）

＊

心がいらだち落ちつかない。頼みごとはいつまで待っても用をなさない。私はいつ死ぬかも知れないのに、誰もそのように思っていないらしく、のんびり、ゆっくりしている。その為に私のいらだちは納まらない。

遺言状の書きかえは書類が揃わず、ぼんやり待っていなくてはならないのは悲しい。私のいらだちはいつ納まるのであろうか。

「ありがとうございました」の本を買って読んで下さった方が良く見えると、私よりも手伝ってもらっている人の方が張り切って応待して下さる。

別の本を借りているのを返しに行く時は何を持って行ったらよいかとか、電話で色々と話をしているらしい様子、私の事ながら楽しみにして色々と世話をやいているらしいのを私は他人事のように笑い眺めている。

私は日毎に衰えて気力も体力も失いつつあり、この一ヵ月特に衰えが目立つ。

（二〇〇七・一〇・一八）

## 猫の食事

近頃の猫は魚や肉の料理のテーブルがあっても知らぬ顔をしている。前は魚や肉の匂いがすると、どこにいても喜んで来て手を出すので、油断も隙もなかったものである。

今の猫は子猫の時からキャットフードを食べさせられているので、魚や肉のおいしさを知らず、どんなにおいしいものがならべてあっても知らぬ顔なのだ。

人間も昔はよく氏より育ちと言われたが、猫も氏より育ちで、魚や肉が目の前にあってもおいしいものと知らないので手を出さず、人間は猫と並んでぼんやりしていられるのである。

猫の世界でも食生活が変わってきて、粒と水さえあれば、もっと欲しい等とは思わないらしい。かわいそうな猫、昔は鳴けばおいしいものがもらえたのに。

そう言えば猫がニャーと鳴かなくなった。

## 夕顔

夕顔の苗を注文してもなかなか手に入らなかったが、八月中頃漸く届き、行燈作りにと思ったが足腰が思うように動かぬ為、三本の苗を三方にわけて大きい植木鉢に植えて長い篠竹を何本か立て、軒より上に伸びてもよいようにした。

暫くはどんどん伸びていたが、漸く白い大きい蕾がゆっくり動き夕空にくっきりと一つ咲いた。その後、咲く日咲かぬ日を繰り返していたが、今日あたりは蕾が軒をこえて空をまさぐっている。花は軒下一メートルくらいより上に五、六個秋風にゆれているのを仰ぎ見ることになった。庭から軒を見上げる夕顔とはめったにない事であろう。霜の下りる日の早く来ないように。

（二〇〇七・一〇・一九）

＊

いつかは歩けなくなるが、その日はいつであろうかと考えていたが、今朝は足が思うように前に出ないし一層歩き難い。ゴンちゃんを連れて下の庭はまだ陽がささないので前の庭へよろめきながら出る。陽の当たるところを探して石に腰かける。

新聞に「アルツハイマー型認知症」の記事あり切り抜く。私はどの程度なのであろうか。物忘れと考えるべきか認知症と考えるべきか、自分では判断出来ない。

午後のど自慢の後、散歩のつもりが歩けそうにもないのでやめる。

四時頃入浴、体重計を脱衣所へ持ち込み乗って見る。三十八キロ、なんと貧弱な皺だらけな体であることよ、近頃少々食欲が出たと思ったが、思っただけのことであった。

（二〇〇七・一〇・二一）

＊

昨日より足が心なしか少し動くような気がする。暖かになったら猫ちゃんと庭を歩くことにしよう。

今朝が一番の低温らしく背中がぞくぞくする。

石油の値上げ、タクシー代、食物とあれもこれも値上げになると年金生活者でなくても誰もが暮らし難くなる。平成の大恐慌と後世で言われるかも知れない。

外国でコシヒカリ、ヒトメボレなど栽培されて低価格で輸入されるので、高齢者の農家は食べてゆけないと嘆く。天候異変で輸入出来なくなった時にはみんな飢え死にをするのであろうか。経済学を知らない私はただ、嘆くだけである。

月探査のかぐやは月の裏側を調べ始めたらしい。色々な事がわかるのであろう。

十時過ぎ猫と前の庭へ出る。息苦しくなりニトロールを舌下に。玄関から入り、上り框に腰かける。救急車を呼んで病院へ行こうかと考えたが、今日は生憎と「清流」という雑誌社が取材に来る日である。俄かに留守にしてもと三個目の薬を舌下にいれて様子を見る。

約束の日比さんも見え、御持参のお弁当をいただいているうちに薬がきいたのか苦しさも不快感もなくなった頃、清流の人二人見える。前のように誤りを書かれては大変と初めに原稿を見せてもらいたいと申し出る。

六十歳というフリーライターの人の如才なさにつられて笑いながらの取材である。心臓の苦しさはどこかへ行ってしまい、喋っては笑わせるゆとりが私にはあるのであろうか皆々よく笑う。三万円送って来るとか。

（二〇〇七・一〇・二二）

＊

昨日の苦しさ、死にそうだった心臓にこりて、朝の散歩はやめる。

名を忘れたが、九月中に咲き終わった大きい鉢植えに今になって小さい蕾が出来て南へ向かって柄を伸ばしている。霜が降るとかわいそうと思い、昨夜は鉢を廻して蕾を北向きにした。今朝は晴れあまり寒くない。植物は長い柄を利用して花を南向きに移動させているる。誰も教えないのにちゃんと暖かい方へ向いているとは驚きである。その名は「はまゆう」であった。

（二〇〇七・一〇・二三）

＊

昨夜は十三夜。冴え渡っていたので今朝は寒い。東松山市の松本喜和様より朝早くまぜ御飯その他色々いただく。友人とはありがたいものである。

預金は一つか二つの金融機関に集めた方がよいとの注告で少々のお金を預けた銀行が、

損失五〇〇億円という。気の小さい私は大丈夫かと心が騒ぐ。

多くのデパート、会社等はブランド肉と称して偽物を高値で売って心が痛まないのであろうか。消費者に申しわけないと思わずに自分の利益のみを考えている業者ばかりのようである。そんな店の品を食べさせられている一般の人こそいい面の皮である。

金大中氏の拉致事件は、韓国の要員であった金東雲が関わっていた事がわかった。

（二〇〇七・一〇・二四）

＊

人見さんの娘さんより、俊子さんは理解できたかどうかわからないが嬉しそうだったと写真を送って下さった。

「ありがとうございました」の読者より少々呆けたらしい母に手紙を出してくれとの便り、はげます便りを書いたが、わかってもらえるかどうか。おもらしで困っている人は多いらしい。読者との便りは嬉しいものである。

アメリカのカルフォルニアで山火事。人家も大分焼失したらしい。気の毒である。

今夜は十五夜の月が冴え渡り美しい。

## 再び　おどろき　ももの木　山椒の木

近頃は便所の中でもよろめくようになった。狭いのでトイレットペーパーのふたのブリキに私の大事な顔がぶつかると血を流すことになりそうなので、今様のものにとりかえてもらった。簡単にとりかえられると又又、単純に思い、おいくらですかと軽く言うと一万円ですとの事。便所の漏水のとき、修理してもらった時と同じで、技術料を払うということを忘れてまたまた驚いてしまった。

技術料手数料は高価であることを肝に銘じた。

（二〇〇七・一〇・二五）

＊

六時に起きて掛布団をきちんとたたんだ後息切れがはじまり十時になっても納まらない。一ヵ月も声帯のまわりに痰がからまっているようで咳払いをしてみるが効果はないし通らない嫌な声になってしまった。そんな事もあり、肺に異常があるかと思い救急室へ行く。心電図、採血、胸部のレントゲン写真とお決まりの検査を受け結果が出るのを待つ。心臓も肺も異常なしとの事で、入院の用意をしていたが、帰宅出来た。私はどうも大げさらしい。

先日の取材の人より当日の写真送って来る。猫ちゃんのも。色々な人と逢うのは楽しい。日本は世界で三番目に男女賃金差のある国である。女は子供を生む機械といってはばからない国でもある。

今年、労基法四条が「女性であることを理由に賃金において男性と差別的取り扱いをしてはならない」と定めており新法がなくても条約を実施出来ることにした。しかしＩＬＯの条約勧告適用専門家委員会は今年、「労基法四条は条約の原則を完全に反映していない」「男女の同一価値労働同一賃金の原則を法令の形で表明することの検討を希望する」との見解を公表した。しかし、労働省の女性雇用均等政策課長の話では新しい法令は必要ないとの事。どうなっているのであろうか。

女性は男性と差別をつけられない給料をもらいたいものであるが、まだまだ男性優位は続くことであろう。男は口では立派なことを論じても根は女を軽んじていることに間違いはないと私は思い続けている。

（二〇〇七・一〇・二六）

＊

午後台風来り風雨ともに強くなる。河合孝子さんより思いもかけぬ贈り物をいただく。手紙はなかったが御元気らしい。お逢いしたいものである。

（二〇〇七・一〇・二七）

＊

今朝もベッドの上を片付けるだけで動悸で、治まるまで待つ。今日は歩けないかと思っていたが杖をつけばよちよち歩ける。よかった。

あれこれ書きたいがまとめるのに苦労する。物忘れがひどくなったのか呆けるという漢字を見事に忘れて辞書を引く。

お手伝いさんに肩を借りて玄関前の狭い庭を猫と散歩し、いつも決まった石に猫も私も腰をかけて一休みする。台風一過を絵に描いたような日である。

今日は郵政公社休みで、便りが来ないので淋しい。

（二〇〇七・一〇・二八）

＊

市へ家と庭を寄付することの書類がやっと出来上がり持ち帰ってもらい、田口さんに一部を市長の印を押し戻してもらうことになった。

私が少々呆けたとしたらどんなに楽になるかと思うが、体の自由は利かないのに頭だけ回り過ぎるのでいらだつ。

早くちゃんとした遺書に書きかえないと私はいつ死ぬかわからないのでと頭を悩ます、私の悪い癖である。

少しは歩かねばと玄関前の狭い庭へ猫を連れてよちよち杖をついて出かける。山茶花の花が毎日のようにはらはらと散り、木の下は汚い。私はあちらの石、こちらの石を見てすぐ腰かけたくなる。猫もちゃんと石を見つけて坐っている。帰りにちょっと腰をあげたと同時に腰を下にして転んでしまい、腰が重くて助けてもらって漸く立ち上がる。

守屋防衛省前事務次官がゴルフや飲食の多額の接待をうけたことで問題となったとの報告を書こうと私は苦労している。新聞の長い記事を短くわかり易く報告しようとすると結構、頭を使うことになる。ない頭をふりしぼっている。この老いぼれ頭を。


（二〇〇七・一〇・二九）

*

先日の土、日曜日に短歌と俳句の全国的な会があり、大変な数の作品が集まったが、評価の高い作品でもそれほどではないように思われた。私の俳句の先生は俳句に心をいれるようにと言われていたので大変に苦労したものだ。

山口県宇部高等学校より、昔の中学校、高等女学校、その後学制改革で宇部高等学校となった卒業生名簿が出来上がり送って来た。金銭的に困っているとの事で一万円寄付その上名簿代を払い半年ぶりに漸く出来上がったのである。私はクラスメイトの消息と、お元気な方に便りを出したいとの楽しみを持って名簿を待っていた。

名簿によると私達大正十五年卒業者は生存者四名で行方不明者二十四名、物故者は二十二名と記されている。百歳近い年になっているので当然なことと思わざるを得ないが寂しい。私は生存者の方に便りを出した。反応があるようにと祈りながら。

近頃しばしば東京近くに地震があるので、地震用の食料品備蓄をした。

（二〇〇七・一〇・二〇）

また朝になった。朝食は食べたくない。毎朝毎朝困ったものである。昼と夜は何とか食べられるのに。

＊

近頃はニチアスとかノバとか国籍不明の会社名が多くなった。頭の古くなった私には何の会社やらわからない。何故きちんとした日本名をつけないのかと不思議である。

赤福という菓子も日付をごまかしたものを売っていたという。八十何年か前に伊勢神宮へ参拝した時に知った名菓であるが、三百年も続いた名前を傷つけたのは返す返すも残念である。菓子に限らず名品といわれるものが次々に名を落としているのを見ると残念でたまらぬ。内部告発で明るみに出たものばかりらしいが、告発する前に主人に反省を促してみたら、どんなものかと思う。聞き入れられないのであろうか。店がつぶれれば失業するのに、と私は思うけれど。

（二〇〇七・一〇・三一）

＊

昨日までの原稿用紙を綴じようと紐を取りに立ち上がると目がまい、急いで目をつぶる。久しぶりに眩暈である。九十七才以降の原稿が三百枚もたまった。くだらない事ばかりではあるが、私の老いをあますことなく書いたつもりである。

従来教科書では沖縄人の自決を軍には関係のないことにしていた。しかし沖縄の人々はそれを全面否定している旨の歴史教科書が検定に通り、明るみに出るように出来たらしい。都合の悪い事でも隠さず事実を知らせてもらいたいものである。

私は野球はわからないが、中日が五十三年ぶりに優勝したとか、ファンは嬉しいことであろう。

山に餌がなくなったのか南アルプス山頂ではライチョウがいなくなったらしい。幼鳥が狐やテンに食べられたためではないかと。

佐藤さんよりおけさ柿を送ったとの絵はがき。滑って転んだとも書かれていて心配。おけさ柿はおいしいので、今から楽しみである。

（二〇〇七・一一・二）

曲がりくねった菊の蕾が大分ふくらんで来た。助手をしてもらいながら腰をかけて篠竹の支えや輪台をつけたりと、久しぶりに働く。伸び過ぎて曲がりくねった菊の蕾を何とか立派に咲かせたいと努力したが、どうなることやら。

日比さんが友人と文化祭の帰りに寄って下さり賑やかになる。

読み返して見ると私は脱字が多くなった。文芸四季の原稿を送るのを忘れたりと不始末ばかりしている。

（二〇〇七・一一・三）

＊

まだ石油の値上げをしないという店より石油を買いこむ。

別の話だが買っておけばすぐ倍になって返って来るなどあり得ない話なのに老人はなぜだまされるのであろうか。人生の経験者なのに。欲の皮のつっぱった人が多いのであろうか。甘い事には必ず棘のあることをゆめゆめ忘れること勿れと大きい声で言いたい。

もっと楽しいことを書きたいのに、こんな事ばかりでは世も末なのかと思いたくなる。

＊

# はまゆうの蕾

楽しくない事ばかりで楽しい事が書けないと嘆いていたが、十日程前はまゆうの蕾が短い柄の先の葉の外側に現われていた。霜が降ると駄目になると軒下の方に鉢をまわしておき、翌日見ると柄が少々延びたものの曲りくねっている。こんなに柄が曲るのを見た事がなかったので驚く。翌日は柄が真っ直ぐに伸び蕾が少々白くなり蕾ですよと主張している。その次の日は又曲りくねってあらぬ方へ向いて蕾が二つにふえた。よく長い柄を動かすものよ、柄に目があるのかと驚く。翌日は柄が真っ直ぐに伸び幾つもの蕾が立派に花を咲かせている。今までの蕾は柄が真っ直ぐに伸び、曲ったり伸びたりの動きを見た事がなかったので不思議な気がした。人間の手足の動きを見る思いがした。

NHKが随分変わった。ふざけ過ぎである。笑わせよう笑わせようと無理をしているようで不愉快である。それに何かにつけて歌手や女優の出演が多過ぎる。整形手術をしたらしい変わり映えのしない顔は見あきてしまった。不美人でも頭のある人の顔が見たいものである。

十一時過ぎ、気分がよいので猫を連れて前の庭へゆき、定席の石に腰をかけ陽に当たる。よい気分である。

下の庭の池の水を暫く見ないのでと五、六段の石段を漸く下りたまではよかったが、足が前へ出なくなった。藤の蕾が伸びているのが気になる。心臓がどきどきし始めニトロールを舌下に。池を見に行くことは出来なくなり石段に腰かけて体を伸ばす。

私は体の動きは二歳の女の子、あれこれ手助けをしてもらうことにしよう。そう思うと気が楽になった。頭だけはまだ九十らしくてうるさいこと。

少し食欲が出たらしくて目方はどうかと計ってみると、三十九キロで一キロ増したらしいが実感なし。

（二〇〇七・一一・四）

＊

八王子市への家屋敷の寄付の書類が出来たので遺書のことで銀行の人が来て下さる。あれこれと書類を作るのは大変なこと。死ぬことも大変である。

大事な書類は決まった所に置くことにしているが、どうしたかすぐに忘れてしまう。念のために調べて見るとちゃんと定位置にしまってあったりする。

今日は銀行の人に遺産相続と八王子へ寄付した家屋敷の書類を渡したらしく手許にないが、本当に渡したのであろうか。渡したことにしよう。恥ずかしくて誰にも話をすることも出来ない。「凡て忘却の彼方へ」である。

昨日民主代表の小沢氏が辞意を表明する。私には何が何やらわからない。自分のことさえわからないのだもの。

間違った字を書いて後で気がつく。例えば小沢氏と書くべきを小沢市と無意識に書いている。まだ気がつくので何とかなるが、今に気がつかなくなったらどうしよう。


（二〇〇七・一一・五）

＊

数日前から死に支度を始めた。いつかは来る死の為に。

そんなにたくさんあるわけでもないが、死後本はどこへやられるやら。なら、本を読んで下さるという人に持って帰ってもらえたら私は嬉しいと思い「お読みになりたい方はどうぞお持ち帰り下さいませ、小林清子」と貼紙をした。

翌日友人が見えて三冊持ち帰られて嬉しくなった。次はどなたであろうか。本の扉に私の名前を書き、せめて私の読んだ本であったことの証拠を残したかった。名前を書き綴るや否や持ち去る人もあり、私はよい事を思いついたと満足している。

久しぶりの小ヶ倉さんの手紙に返事を書く。いつ死ぬかわからぬとはいつも誰にも書く私の言葉である。椅子から立ち上がろうとしてお尻の重いのに驚く。何かにつかまらないとお尻は椅子から離れない。いつからこんなに重くなったのかしら。

（二〇〇七・一一・六）

＊

ベッドの上に掛け布団を手際よくたたんでおくのさえ息苦しい、暫く腰かけて休む。

小沢民主党代表は福田総理と密談をしてその後民主党に辞意を撤回したと、私には委しい事はよくわからないが、辞意を撤回するという事例を耳にする事が多い。

池袋「パルコ」屋上より飛び下り自殺の女の人の落ちたところに通り合わせた男性が重体になったという。通行人の事など考えるゆとりはなかったのであろうか。

薬害肝炎の患者全員に補償は困難と国は言っている。C型肝炎の患者が多い為らしいが、誰もが治療が受けられるようにならないものか。

（二〇〇七・一一・七）

＊

朝早く小荷物でおけさ柿が届いた。よろよろしながら息をきらして玄関へ出る。お手伝いさんが外へ出ていたので。ところが息ぎれがいつまでもおさまらず何時間も苦しむ。早くニトロールを舌下へ入れればよかったのに。又しても遺書が出来上がったら早く消えてしまいたいと思うことしきり。

## 生きている人は

大正十五年に山口県の宇部高女を卒業して以来初めての同窓会誌が来た。と言っても宇部中学と宇部高女が一つになって宇部高等学校になったのはいつなのであろうか。卒業生にはいつ合併した等の知らせはなかったのに、だしぬけに、宇部高等学校から名簿を作るから一万円寄付してほしい旨の手紙をもらったし定価は何千円するから（忘れた）一緒に送れとの手紙を受け取った。私は級で生き残りは誰であろうか、便りをしたいし返事をもらいたいの思いで送金した。

半年くらいの後、重い分厚い冊子小包が届いた。自分の名前を探すのさえ大変であったが漸く大正十五年宇部高女の頁を探し出した。生きている事になっている人は私を入れて四名であった。顔も思い出せないような人達であったが、はがきを出し返事を下さいと念を押しておいた。数日して「あて所に尋ねあたりません」の朱印を押されて松田小波さんあてのはがきが返って来た。私の記憶によれば松田さんは美人で発展家で彼氏がいるとかいないとかの人であったので必ず御返事が来るものと期待していたのに残念。もうはがきを出して十日になるので後の二枚も宙を迷っているのであろうか、もう少し待つことにする。

名簿によると物故者は二十二名、住所不明者二十四名となっている。住所不明者の中に生きている人がと思いたいが、百歳近い年なので亡き人と考えた方が確かかも知れない。もしかしたら生きているのは私だけかも知れない。

（二〇〇七・一一・九）

## イエス・キリストを知りたい

朝からだるいし、食欲はないし、二、三電話をと思ってかけてもお留守だったりと思うようにゆかない日である。

あけぼのという雑誌（聖パウロ女子修道会発行）を読み始めて、私はキリスト教の事を何も知らない全くの仏教徒であることに気がついた。

私は今までのほほんと知ろうとしなかったことを悔やみ、少しでも多くのことを知って死にたいとしきりに思うようになった。そこでキリスト教の女学校卒で委しい随筆の会の高津さんに教えていただけたらと思ったが、電話は通じなかった。お出かけらしい。

足が弱くなって杖なしでは歩けない私は随筆の会には出られないので、もうお目にかかれないと思うと、早く知りたい、死ぬ前に知っておきたいと欲ばっているのである。死に際にあれもこれもと思う前に、時間があり余っている時に、この考えにならなかったかと腹立たしい。

## 製造時ボルトをねじこむのを忘れた

三月に高知空港で全日空機が前輪が出ず、胴体着陸をした事故は製造時にボルトをねじこむのを忘れていた事がわかったという。大事故になるかも知れない航空機でボルトを忘れたとは何たることか、たるんでいるのは日本ばかりかと思っていたが、世界中の人間がぼんやりと仕事をしているのかと知って、何をか言わんやである。どんなものでも購入した場合はよくよく点検しなければならないとは嘆かわしい事である。以後は事故が起こった場合は点検しなかった購入側の不注意をなじられるかもしれない世の中になるのであろうか。私は世界中のどの階級の人にも言いたい。心をひきしめて仕事をしてもらいたい、と。鼻歌まじりの仕事はお断りである。

（二〇〇七・一一・一二）

## 手袋

何年か前に孫にもらったのであろうか、赤い手袋を近頃愛用している。猫をつれて玄関前の庭を散歩して縁側に帰って来た時、どうしたことか片方の手袋が手にない、どこで落としたかと考えても思い出せない。お手伝いさんに手袋の片方がどこかへ行ったので探してね、と頼んだが見つからなかった。

多分私が雨戸の敷居の上に落としたのであろうか、暗くなって戸を閉めたので手袋を一緒に戸袋にひきずりこんだらしく、数日後の朝戸をあけた時、一緒に皺だらけになってしまった赤い手袋が出て来たので二人で大笑いした。ひきずりこまれて、ひきずり出された手袋は再び私の指をしまいこむことになった。

（二〇〇七・一一・一二）

## 小春日和

昨日も今日も暖かく晴れ渡り、遠い山の紅葉がほんのり見える。庭の猩々紅葉も年中の紅を半ば散らして寂しくなった。陽は燦々と照り首を長く伸ばしたくなる気分になる。先日輪台をつけた管や厚物の色々な色の菊が誇らし気に美を競っている。前の奥様が持って来て下さった黄色な小菊が可憐な姿で香っている。気の晴れやかになる小春日和。

青木さんの御主人が二、三日前に亡くなられたらしい。体が思うように動かぬ青木さんはどうしていられるやら。お気の毒。

元患者だったみっちゃんが立派な柿をたくさん八百屋さんにことづけて届いた。ありがたいことである。

明日も小春日和が続くという予報。

地球が月の陰から昇って来た珍しい美しい写真、日本があげた「かぐや」が写真に写したもの、しかも日本からは見えない月の裏の写真という、永生きをするとよい事もあると思う一時である。

（二〇〇七・一一・一三）

＊

今日は朝からだるい。午後は歌会、しかし、青木さん、乙黒さんが休みで、兵さんが加わっても三人の寂しい短歌の会、私はだるくて歌の添削も出来ぬ。

みかんの注文をする。おいしい盛りになってから送ってもらうようにと注文をつける。

（二〇〇七・一一・一四）

＊

七五三で着飾った児を見る日であるが、今年も見られるであろうか。

昨日同様、気分悪く人と会話をする雰囲気ではない。どこがわるいのか見当もつかないが、ぼーっとしていたい、なぜかしら。天高く、空美しい日なのに。

猫は何を考えながら眠っているのであろうか。

読者の宮崎さん、横浜よりのり巻きのおみやげ。話をしていて少し気分よくなる。

（二〇〇七・一一・一五）

＊

今日も昼近くなって日向ぼっこの出来るよい日となる。

時には自作の本を読んで見たいと句集「花吹雪」を開く。読むほどに、あ、この時は日比さんと一緒にここへ行った、ここはどこだったかしらと場所はすぐには思い出せないが当時を思い出す。時には自分の下手な作品を読むのも悪くはないな、と思う。あちこち見てまわれたし若い時はよかったと今更ながら昔を思い出す。

日頃、多くの人にいろいろといただきものをするので、たまにはお返しをと思い、名物の高尾せんべいを送る事にする。それ袋、それ紐等と歩けない足を動かして無理に歩くので腰の痛いこと。

学校でのいじめが急増したという。統計の方法の違いによるらしい。九十七歳の私が中学二年の時の先生の上手な指導で、いじめた方もいじめられた方も凡て了解して事なきを得たことを忘れることは出来ない。そのような先生は現在はいないのであろうか。

（二〇〇七・一一・一六）

＊

何日続いたであろうか、この心地よい小春日和は。ありがたいことである。まだ緑色の少々残っているいちょう祭で人出が多くぞろぞろと行列である。わが家でもいつか忘れてしまったが萩の松陰神社で拾ったぎんなんを埋めたのが、伸びて天をつき黄色くなりかけて見事である。広い庭で私の手植えというより種を埋めたのはこの木のみである。黄葉が落ちて大木を取り巻いている姿は、大勢の女に傅かれているように思われる。もう半月くらいで霜が降りるとそうなるであろう。それまで私は生きているであろうか。

松陰神社のぎんなん埋めしはいつなりし天つく大樹色づきはじむ

松陰神社のいんの字を忘れてしまった。忘れか、呆けか。どちらにしても悲しい。穏やかな小春日和も今日までとか。猫と久しぶりに前の庭を歩く。二歳の子供の歩きぶりを、人は見られたものではないと思って見ていることであろう。

心が貧しくなったので岡潔氏の「憂国の随筆集」を読み始める。初冬の陽が部屋うちに差しこみ豊かな気持ちになる。

数学者で宗教家の氏の文章は難解で上すべりの読みとなり身につかない。仏教を勉強しなくては頭に入らない。

うちの猫は魚を欲しがらないと先日書いたのに、鯖の味噌煮が食卓に出ると欲しそうに鼻をぴくぴくさせている。少しばかり分けてやるとおいしそうに食べて、もっとくれと鳴く。魚に目もくれないと書いたのは偽りであった。やはり猫であった。


（二〇〇七・一一・一八）

＊

大阪市長に民主党の平松氏選ばる、どんな政治をするのか見ものである。

宇都宮の高橋さん明日来て下さるという電話、嬉しい。お名前が出て来なくて情けない。

バングラディシュは緑の木々に覆われている筈の島が赤茶けていたという。強力サイクロンにやられ、二二一七人死亡、地元では一万人に及ぶのではないかと言う。二七〇万人が被災し、こわれた家は七七万戸に及ぶという。どうしてあちこちで災害が起こるのであろうか、自然が何を怒っているのであろうか。


（二〇〇七・一一・一九）

＊

昼は小春日和で暖かいが朝夕は寒い。

日本に入国する外国人に指紋採取と顔写真撮影に応じることを義務づける制度が始まった。十六歳以上の外国人が対象である。アルカイダの関係人物が何回も日本に入国した事実があるので、それを防ぐことが出来るであろうという。

二時頃宇都宮より高橋澄子さん夫妻がわざわざ逢いに来て下さる。おみやげもろとも嬉しい事である。私はこんなにしてもらうだけの値打ちがあるのかと思うが、やっぱり嬉しい。子供さんがいらっしゃらないとか、これからもお幸せでありますように。

盆栽を地面にうめてもらう。なかなか済まないので霜の降らないようにと祈る。

インフルエンザのワクチン注射。少し遅いが風邪を引かないように。

一ヵ月くらい前からか、住所は忘れないのにお名前をころりと忘れてしまうようになり困り果て、住所録をひっくり返して調べるという不都合が続いている。どうして言い馴れていた名前を忘れるのか不思議である。高橋さんを松本さんと思い違いをしたりと、どうしようもない。

（二〇〇七・一一・二〇）

＊

今朝もまた寒い。日毎に寒くなるのは当たり前のことなのに、寒い寒いと言っている。便所へ行こうと立ち上がった時によろめいて転び、右側の肋骨を椅子の足にぶつけて痛いこと。久しぶりに転んで呼吸する度に痛い。

（二〇〇七・一一・二一）

＊

今朝は四度、着ても着ても寒い。肉がないとはこんなにも寒いものか。脂肪を摂ると寒くないかもしれないので少し食べることにするが、心臓にはわるいであろうか。

人はどうしてこんな事をするのであろうか。特に製造業者等は指定通りの材料を使わずごまかして、その事を隠して材料通りの製品として売って利鞘を稼いでいる。多くの利益を得たいのであろう。正直者が馬鹿を見るがまかり通っているのである。

新聞によれば「高速道型枠厚み偽る」と。栗本鉄工所が行っていたらしい。大勢の人が利用する橋の強度を減らせば大きい事故が起こり死者も出るかも知れない事を考える頭はないのであろうか。

そこでまた私の持論を出さなくてはならない。二、三歳までに物の善悪をみっちりと教えこみ、よい事をした時は思いきり褒めちぎり抱きしめる。悪い事をした時は叱るという事で善悪を幼時から頭の中にしみこませておけば、自分だけがよければの精神は悪いと思うはずである。

車の中でシートベルトを使用するのを面倒がり使わない人が多いが、事故の時シートベルトを使用していた人の死傷は少ないという。後の席は大丈夫というのは誤解であるからと念を押している。心すべき事なので、以後寝台車に乗るくらいであろうが、気をつけようと思っている。

今日は世間では十一月二十二日で二人揃っている家ではどうぞ沢山お祝いをして下さいということらしい。いい夫妻と無理に読ませるらしいのである。（二〇〇七・一一・二二）

＊

人の皮膚細胞から万能細胞を作ることに成功した。患者本人の細胞から作れば、組織や臓器として移植するときに拒絶反応の心配はないという大きな発見を、京都大学の山中伸弥教授等が発表した。試験管の中で病気の細胞を育て、病気の研究や薬の開発も出来るし、卵子や精子を作ることも出来るという優れた発見である。日本人として誇り得る事である。

（二〇〇七・一一・二三）

＊

長く続いた小春日和も今日でおしまいらしく、曇ったり晴れたり慌ただしい。

事件発生後十三年になるのにまだ結着がついていないオウムサリン事件、教団が未払いの補償金二十五億円を国が重い腰をあげて負担するという。どうしてこんなに時間がかかるのであろうか。明治四十二年の法律が未だにまかり通っている為であろうか。もっと早く何とかならないものであろうか、残された家族の気持ちが思いやられる。

（二〇〇七・一一・二六）

＊

昨日まで続いた小春日和は終わり、曇って寒く、何をする気も起こらない。

桜井さん来訪、話をしている最中にふらっとなり心臓がちょっととまったように思い気分が悪くなったがすぐ元に戻った。この時間がいつまでも続いた時が死かもしれないと思う。

インフルエンザの流行が始まったらしく、関東、近畿、中部、中国で患者が増加している。十二月中に本格的な流行にならなければよいがという。私は二十日に注射をしたのでまだ免疫は出来ていないので用心しなくては。

（二〇〇七・一一・二七）

*

昨日の様子では今日はもう歩けないかと思っていたら、歩けるので嬉しい。まだ生きていられるらしい。

女房の姉やその孫を殺したり等と縁のある者を殺す事件が多い。何が原因なのであろうか。仕事をしないので金がない、金がなくては生きてゆけない。金を借りようと出かけて断られると、憎らしくなり殺してしまうということになるのであろう。私も暮らしに困ったら何をしでかすかわからないような気がする。百歳に近い命を絶つかも知れないと思っている。

## 人ちがい

昨日精神病院を経営していた時に入院していた七十を過ぎた女の患者だった人から電話がかかって来た。特別な声で言葉がはっきりしないし内容がよくわからないが近くに住んでいる事は知っていたので、私は歩けないから、どうぞお出かけ下さいと言うと、二十八日午後一時頃そちらへ行きますとの返事だけはよくわかった。

午後一時頃部屋を暖めて待っていたが待ち人来らずで、その人の姓は忘れてしまったが、みっちゃんは遅いわね、とそれでも心待ちにしていた。

玄関のブザーが鳴り、お手伝いさんが玄関へ行っても誰もいないので通りへ出て見ると、車から私より足の悪い男の老人が下りようとしているところだったという。いらっしゃいと言われたから来たと、おぼつかない足どりで漸く玄関まで辿りつき玄関のたたきの上に椅子を置き腰かけてもらった。わが家は純日本風なのであがり框があり、それに上がる事が出来ないとお手伝いさんが気をきかせての事である。

見れば立派な男の老人で九十二歳との事。聞けば聞くほどみっちゃんと同じような声で言葉もはっきりしていないのでいい加減な返事をする。私は耳が遠いし、とんちんかんな会話になっているらしい。

名刺をいただいたが、神官、神社神道祝詞創作家、住友重春と書いてある。この名詞は以前手紙の中に入っていたのを見た事があるような気がした。本は買って読んで下さっているらしいので二、三冊残っていた句集の「花吹雪」を差し上げた。

みっちゃんと勘違いして、この寒さの中をわざわざ来ていただき、茶も菓子もいらぬの一言を信用して何もお出ししなかったお粗末、お許し下さい。（二〇〇七・一一・二八）

＊

五、六段下の庭の銀杏が黄葉しているのが少しばかり落ちている。私が種を埋めて育ち五十年もすくすくと真直に伸びた唯一の木である。
曇って寒いので猫はベッドの上で眠っている。今日は誰も見えずぼんやりと居眠りしながら過ごす。無為の日。眼を閉じてテレビの声を聞いている。（二〇〇七・一一・二九）

＊

新聞を読んで嬉しくなった。朝日の一面の右側の内容をピックアップしてあるところに「エイズ治療進歩と課題」の大文字を見つけた。「死病と恐れられていたエイズは今、つきあっていく病となった。しかし根治の道はまだ見えない」と。一回の性交で感染してしまい目下治す薬はなく十年後には死を迎えるとされているが、そのうち治る病気になるかも知れない。何よりも困ることは感染しても何の症状もなく、次から次へとエイズ患者が増えることである。普通出産の場合は赤ん坊も感染する。

新聞をよく見ると、十二月一日が「世界エイズデー」であるという。

記事を書く人は病名を書いてもどんな病気かを書き忘れている。エイズに限らずこの種のことは原因と結果を委しく書いてもらいたいものである。何も知らない人の為に。

（二〇〇七・一一・三〇）

＊

晴れてはいるものの雲が流れて日を隠す。久しく歩かなかったので雲の合間を見て猫をつれて、庭の散歩というよりも庭の手入れを頼んだのが実行されているかと見て回る。やはり完全には出来ていないのできちんと仕上げてもらおう。

主婦の読む雑誌「清流」に私の「ありがとうございました」のインタビューが出ている。これを読んで下さると内容がよくわかるので読んでいただきたいと思う。

（二〇〇七・一一・一）

＊

今朝は早くから晴れ渡り、八時過ぎに日の光がさし嬉しい。山の紅葉が今朝は殊更美しい。けれども腰、肋骨、首のまわりあちこちの痛みあり苦しい。

四賀光子先生の歌、「青き谷」を読む、懐かしい。今日は猫も日向ぼっこがいいらしく、外で寝ている。

（二〇〇七・一一・二）

＊

午後俳句の会、遠山さんも思いかけず来られて花を添えて下さり、久しぶりに逢えて嬉しい。いつまでもこのままで皆さんと別れたくない気持ちになった。

徒らに爪だけが伸びる。

（二〇〇七・一二・三）

＊

ある大学のラグビー選手全員が大麻を栽培し、吸っていたという。自分の身を壊し法に触れるのを知らぬとは、こんな教育を根底から何とかしなくては日本は、とまた考える。それにしても監督というのは競技だけの監督であろうか。立派な人間即ちラグビーの選手に育ててあげてもらう為には、日常生活にも気を使ってこそ、名実ともに立派な選手が生まれるのではあるまいか。

又、両親を殺して庭に埋めて知らぬ顔をしていた次男がいた。仕事をしろと言われたのであろうか。文句を言われても自分が悪いのに両親を殺すとは何事であろうか。このご両親は子どもにどんな躾をしていたのだろうか。育て方が悪かったので子に殺されるとはお気の毒と思うが、自分が招いた事柄であったとあきらめるより外に道はないのだろう。

新聞の社会面の下に謹告とかお詫びとかお知らせとか毎日たくさん書いてある。私は目が悪いがおよそなことはわかる。二、三年前には食料系のお詫びが多かったが、今日の四社のうち二社は食料系、他の二社の一社は便器のカビ除去の薬品らしい、残る一社は蚊よけの薬らしい。拡大鏡で見ても読めない程の細字で誰に読ませようというのだろう。

明朝は一番寒いというが、猫がその実験をした。暖めながらもまだ延べてなかった布団の中に猫がもぐり始めた。布団を正常に延べるとちゃっかりと暖かい所に寝てしまった。私に早く布団を延べよと無言で示したのであった。お利口なゴンちゃん。

私が寝ると猫は私の足のところから布団の中に入りこみ胸まで来て抱いてくれと言っているらしい。はじめての猫の床入りである。そのうちどうしてか出て行った。今夜はどうしたのゴンちゃん。

（二〇〇七・一二・四）

＊

ＯＥＣＤ国際学習到達度調査によると「ニュージーランド」「フィンランド」「イギリス」「オーストラリア」「日本」と五番目であったという。日本は成績をあげるには、理解度の低い子供等を如何に減らすかが問題であると。前回より落ちるとは残念なことである。

少し動いても息切れがして苦しいと、かねがね言っていたため酸素が届いた。機械を持ち歩けるので苦しい時、直ちに鼻の中に酸素を送ることが出来る。もう一つ大きいものは移動出来ないので動けなくなった時に役立つであろう。

部屋から玄関までの近距離で持ち歩いてみる。馴れないので大して楽になったとは思えないし、器具の使い方がなかなか覚えられない。

玄関のベルがなる。さあ酸素はと携帯用の器具を持って酸素を出して等とすると玄関の人を待たせる事になる。酸素も出さず鼻にもいれず玄関へ。玄関でゆっくり鼻の中へふうふう唸りながら入れることになるらしい。如何に上手に取り扱うかが問題である。

（二〇〇七・一二・五）

*

今朝は寒いのかいつもは私の布団の上で眠っている猫が私の布団の中の手の傍で眠っている。八時十五分、朝日が輝きながら山の頂から顔を出し暖かになる。

今日は玄関に出る機会がなく携帯用の酸素は使えなかった。

文芸四季来る。読むものが増えた。特に「あの戦場体験を語り継ぐ集い」と「手ぬぐい」

が心に残った。皆さんお上手である。

ある老婦人の話、九十歳になるこの人は一日、家族はいるのに無言で過ごしているらしい。家族から声をかけられず寂しい思いをしているという。それでも食べさせてもらっているだけでも幸せということになるのか。若い人は老人を嫌い邪険にするが、その人も必ず老人になれば、若いものに邪険にされること間違いなし、順ぐりにこのことは未来永劫続くであろうことを、世話をする人は忘れてはならぬ。

次は猫のことを一言記すことにする。今朝私の手の中で眠っていた猫のことである。寒いので部屋を閉め切っていると外へ出たい猫は襖を爪でばりばり破る。破られるとすぐに修理しなくてはならない。あまり度々破るので私は猫のお尻を痛くない程度に二度ほど叩き廊下の外に出して、原稿用紙を埋めていると、いつの間にか猫が鉛筆を動かしている傍へ来てちょこっと坐っている。さっきお尻を叩かれたのに。ごめんなさいと言っているのであろうか。思わずかわいくなり抱きしめた。今晩も布団におはいりと、心の中で言っている私。

（二〇〇七・一二・六）

# 世界地図

近頃はどんな本を読んでも世界地図を広げて見たい文章が多くなった。私は持っていなかったので世界地図がと大声をあげたところ、立派な重い御本をいただいた。文芸四季という有志の人の出している小冊子を読んでいると、ポーランド浪漫紀行が出ていた。早速、地図帳を出してみたが、字が小さいので探すのが大変。漸く探しあてて旅のコースを辿る。地図があった方が面白い。私はまだワルシャワへは行っていない。

今日は死刑になった人三人の名前を公表した。これは初めてのことであるが、よいのかわるいのか、私にはわからない。

（二〇〇七・一二・七）

＊

山口県宇部市の従妹の連れ合い死亡の通知来る。暫く便りがなかったわけがわかった。寂しくなった事であろう。

（二〇〇七・一二・八）

＊

私はいつも何をするにもこれが一番よい方法であるかとまず考える。よくないと思えば頭をくるくる回して最善の方法を考え出し、それを採用する。

猫が日向ぼっこのために外へ出たい素振りをするので、外へ出す。いつもの所はまだ陽が差していない。見ていると陽の当たる所を探して坐り込んだ。猫でさえ考えているのであるが、人様を見ていると、考えることなく行き当たりばったりに行動しているように見える。考えてもっと違った方法をとればよいのではないかとその人の顔を見る。

朝のテレビで、教師と生徒の話をしている。私の考えと同じに教師の心遣い不足のことを誰であろうか話している。

坐っていて出来る一週間分の薬の仕分けをする。腰かけていると背中が痛い。渇きを覚えたので水を度々飲む。血がどろどろになると思い何回も飲んだ結果が、便所の入口で大もらし。下ばき二枚とパジャマまでも。

少し動いても動悸。酸素吸入をと思いつつ、めんどうで鼻にあてないでぼんやり苦しがっている。

（二〇〇七・一二・九）

＊

古生さんが歌集持参され「老径」をいただく。今日は暖か。

父親が何気なしにおいたライフルが暴発して弟が死亡したという。五歳の兄が二歳の弟の命を奪ったことになる。あまりにも気を使わな過ぎるのではないかしら。

女児が何者かに背中を刺されたり頭を叩かれたりしたという。近頃犯罪が増えているのではあるまいか。その上犯人はいつまでも不明とか。警察にはしっかりしてもらいたいものである。

テレビは国会中継、政府もしっかりしてもらいたい。福田首相の頭の中はどうなっているのであろうか。

川村さんに今年も亡夫の誕生祝いにと流行の色のシクラメンの立派な鉢物をいただいた。小林死後二十年にもなるのに毎年贈って下さるとはありがたい事である。

杖をついて、よっこら、よっこら、でも歩けるのですから大したものです。寝たきりにならないよう訓練して下さいね、と妹からの返事。寝たきりにならないうちに消えたいものである。

夕方空腹気味になると思っていたら、やはり一キロ増えて四十一キロにと、ほんの少々体重増加、順調に行くであろうか。

今日は何日何曜かわからないので新聞を見る。かなしいなあ。（二〇〇七・一二・一一）

*

硝子が汚れている。体が動けば拭くのにと、はがゆいが詮ないこと。

誰やらが行方不明の年金を数ヵ月後には解決すると軽率に言って今困っている。特に政治に携わっている者はよく考えもしないで口にしない事と教えてあげたいものである。

高津さんたちおみやげ持参で来て下さる。嬉しい事である。私は忘れん坊でお連れの名前を今書くことになって忘れてしまった。

茶の湯の道具御持参、久しぶりにお抹茶をいただく。御馳走様でした。よいお服でございました。

この夏、結婚した曾孫がおめでたらしく、立川の歯科をやめて大阪へ帰ったらしい。

今年を象徴する漢字に偽という字が選ばれた。なるほど今年は偽られた年であった。食品偽装は内部告発でわかり易いが、政治のはわかり難い。（二〇〇七・一二・一二）

気持ちのよい快晴。但し私の右の股関節の回転の具合がわるく歩き難い。いよいよ歩けなくなる前兆かも知れぬ。

＊

海上自衛隊と神奈川県警が、海上自衛隊所属の現役自衛官を逮捕した。漏洩した情報は、米国が開発した敵の航空機やミサイルなど十以上の目標を同時に捕捉、攻撃できる高性能レーダーの探知・管制能力やミサイルの射程などの日米共通の最高レベルの軍事機密とされる重大な情報なのである。このように大切なものが次から次へとコピーされていたという。若い人は何が重要で何がそうでもないものか判断が出来ないのであろうか。地位は高くても若いということは、あまり物を知らないということらしい。

（二〇〇七・一二・一四）

＊

今日も何とか歩ける。ありがたいことである。
亡夫の誕生日祝いのシクラメンの花が咲きさかっている。

漢字を忘れるのは当たり前となった上に、何々をと書きたいところを何々にと頭と手が一致しないでちぐはぐな事が多くなった。毎日毎日私は後退している。同じ九十七の人は何を思い、考え月日を過ごしていらっしゃるかお聞きしたいものである。ヘルパーさんは何も考えないでぼんやり過ごしている人が多いのではないかと言ってはいるが、逢って話を聞いてみたい。

NHKで浪花節で恩師吉岡弥生先生の「さくら、さくら」を沢孝子氏が演じている。午後雨となると同時に寒くなった。

歳暮用にと浦田へ頼んでいたみかん届く。御世話になった方々の所へも届いたことであろう。

南京事件より七十年経ったという。平和に暮らしている所へ銃をもって突入し、人を切り殺したり略奪したり悪事の限りを尽したのである。日本人はその御無礼のお詫びをしなくてはならないのに、屁理屈をつけて謝ろうとはしない。私は一人だけでも中国の人に頭を深々とさげて謝りたいのである。申しわけございませんでした、日本の上層部の考えがなっていなかったのでこれほどのことをしてしまいました、お許し下さい、と声を大にして言いたい。さすが中国は国は広いし、心も広いし日本を許していて下さると私は感心している。そうなりたくはないが、いつの日か日本は中国の中に包み込まれるのではあるまいかと、私はひそかに思っている。

（二〇〇七・一二・一五）

＊

今日は時々くもり、日向ぼっこは思うように出来ない。初霜。

歳暮用のみかんを頼んでいたのが、あちこちから届いたとの電話あり。

（二〇〇七・一二・一六）

＊

身にしむ寒さ。

やっと遺言状が出来上がる。これでいつ死んでもよい事となり、心のしこりが一つとれた。

年金をまだ受け取っていない人にも今日から年金特別便を送付するというが、誰がこんな不始末をしたのか。末端の事務をする者、それを監督する上役も職務を全うしていないつけであろう。

私は何事もきちんとしていないと気にかかる性分であったのに、近頃は面倒になり、俳句の会での句の整理をしないで、原稿がどこかへ行方不明になってしまった。
不始末を不支末と書き、後で読み返した時に誤りを正すにも、頭の回転がのろくなったようである。

（二〇〇七・一二・一七）

＊

夜中に薬を飲む。朝、高血圧にならないようにとである。寝る前になっているが、夕食の後の薬と鉢あわせをするようなので、ひと眠りして午前一時か二時頃便所へ行ったついでに飲むことにしているが、いつかは水をこぼして布団をぬらすのではないかと思っていた。それが今、起こった。瓶から茶碗に移す時に何かのはずみでパジャマや枕、敷布団に水をこぼしてしまった。敷布団には急いで手拭いをおき、寝巻きはすぐ着がえることにしたが、大騒ぎである。眠っていた猫も起きてうろちょろ。
悪い予感はあたるものである。不思議。濡れた所をよけながら横になる。

（二〇〇七・一二・一八）

＊

正月過ぎの寒さという。雪が降るかも。

おいしそうな夕食が来た。ごはんも少し固目でおいしそう。喜んで少し急いで食べたらしく、二口三口食べたところで食道の入口あたりに食べたものがつかえて痛いが、叩いてもなでても動かばこそ徐々に下へ降りてゆくのがわかる。

おいしそうだからと急いで食べるのをやめなくてはと、こうなる度に思うことである。

（二〇〇七・一二・一九）

## 虎屋の羊羹

初冬のある日、地位のある人二、三人が見えて、色々お願いしていた事が終了してやれやれという時であった。

私はこのようなお客様にはこれこれと頭の中で決めている茶菓子がある。

今日のお客様には虎屋の羊羹ですがと言いながら前におくと、「人には送るけれど、虎屋の羊羹を自分では食べたことはない」と言いながら食べていらっしゃるのを見て、私はおかしさを通り越して人間のあわれさをその男性からいただいた。

私はずるいというか悪賢いというのか「何か差し上げたいのよ、何がいい」と言われると、値段のことは考えないで虎屋の羊羹と言ってしまうのである。長持ちがするのと、おいしいので。

すると、何がいいかしらと言うくらいの人は、惜し気もなく虎屋の羊羹を送って下さるのである。私はおねだり上手である。

## 錦松梅

初夏の頃、足が段々と弱りはじめた時、玄関の上り口に手すりをつけたらよいのではないかとの話が始まった。私は手すりをつけるとかえって危ないと文句を言っていたが、説きふせられてしまった。玄関をあけると左側に左手で握るに適した太さの手摺りと次には同じ太さの手摺りを縦にとりつけて出来上がった。これを私にすすめた人は一級建築士というかわいらしい女史であった。真夏が過ぎて初冬になった頃、私は足は畳の上も杖なしでは歩けない情けない様になっていたが、玄関で転ぶことはなくなっていた。

暮の二十日、一級建築士の彼女が現われて錦松梅を下さるという。思いもかけぬことに驚き「ありがとうございました」の本を差し上げた。

（二〇〇七・一二・二一）

＊

誰かに風邪の菌をいただいたのか鼻汁と咳が出て苦しい。熱はないが、咳の薬を持っていないので櫻井さんに電話をかけて持ってきてもらう。

「あっ、忘れていた」ということで子供がバスから転がり落ちて車にひかれて死んだり等とうっかりミスが大変に多い。気を張って毎日を自分の仕事としてもらいたいものである。

昔は火事で人が焼死することはなかったが、今は木材の種類によって燃え易かったり有毒ガスが発生したりで、火事とともに焼死する人が多い。

（二〇〇七・一二・二五）

＊

咳や痰の為、病院へ。X線写真は痰のため真黒。鈴木さんが見えたが接待出来なかった。猫ともにベッドの中へ。

（二〇〇七・一二・二六）

*

日記を書く元気なくベッドの中で過す。

（二〇〇七・一二・二七）

*

テロでパキスタンのブット元首相死す。

何をする気も起こらない。寒い寒い。新聞種を探す元気なし。胸部X線撮影のため外出。痰が胸中につまっている。しかし熱なし、気管支炎の熱なしらしい。

何回、今日は何日かしらと聞いている物忘れの名人の私でも、何とか年が越せるらしい。

（二〇〇七・一二・二八）

*

今日もぼんやりと咳をしながら過ごす。ラッセル、ゼロゼロ急性気管支炎、熱なし、肺炎ではないが、いつ肺炎になるか。

久しぶりに、佐貴恵来る。私を気付かってのことであろう。起きて新聞を読んでいるが寝た方がよいらしいので、着のみ着のまま寝ることにする。

（二〇〇七・一二・二九）

＊

注文しておいたおせち料理届く。

咳が出て苦しい。

（二〇〇七・一二・三〇）

＊

咳と痰出て苦しい。米国と北朝鮮は手を結んだらしい。日本の立場はどうなることやら。

北朝鮮は約束を守らず、アメリカに抗議される。

（二〇〇七・一二・三一）

## 平成二十年

誰も来ぬ正月元旦、年賀状のみ来る。来た賀状に返事を書くつもりが、ほんの少しだけしか書けない。

（二〇〇八・一・一）

＊

今日は快晴。孫とその子等毎年のように集まり賑やか。今年初めて去年までお年玉を渡していた孫より勤め始めたからとお年玉をもらう。

賀状のあて名を代筆してもらう。私の字でない返事が届いた皆さん驚かれる事であろう。便りを下さった人には申しわけない。

（二〇〇八・一・二）

＊

カニサボテン美しく咲いている。

久しく入浴する気にならなかったが今晩はいよいよ入浴しようと思う。

らしいが一番支払いがかさむのは植木屋なのであるから仕方がない。植木屋は文句を言っている植木屋には寒肥のみ頼む。資金が段々不足して来て心細い。植木屋は文句を言っている

（二〇〇八・一・九）

＊

寒い成人式の日である。女子は着飾って美しさを競い、白い毛のショールをつけて歩いている事であろう。民政委員の人にどんど焼きの時のお団子をもらう。

澄子さんと考えている死の事を語りあう。どんな運命が待っているのか。私は生きていても何も出来ないのでこの世から消えたいと思い続けているが、自殺を行いたいとは思わない。私がいなくなると、餌を与えている猫や鯉はどうなるかと思うと、めったに死ぬことは出来ない。

（二〇〇八・一・一四）

＊

晴れ渡った良い日。

歌会初めの儀始まる。服装が洋服になっているのはおかしい、昔ながらの和歌なのにと心の中で思う。皇族方の服装を考えると大変なのであろうし、時代と共に凡ての物は変

わって行くのは仕方のないことであろう。ゆっくりと歌会初め調べとでも言うべき読み方なので和歌の内容がわかり難いと思っていたら、テレビの画面に文字が現われたのでわかったし、ほっとした。

来年は「生」の御題が出た。

（二〇〇八・一・一六）

＊

真夜中、便所より帰りベッドに入ると急に心臓の裏側の背中が痛くなった。暫く我慢をしたが遂に背中をなでてもらう。その上、二、三日便秘をしていても腹圧が少なく排出することが出来なくて苦しい。患者には治療としてほじくり出してあげた事はあるが、自分の事は今日が初めて。何でも毎日働いてくれればよいが、少しでも怠けられると苦しいことになる。

朝は今シーズン初めての雪景色、寒いけれど美しい。九時頃日が射して来て雪は見る見る消えてゆく。はかないという事を今更ながら思う。

陽はたっぷりさしているが相当な風が吹き、外は寒いことであろう。

（二〇〇八・一・一七）

菅原さん小ヶ倉さんより原稿を。早川さんはハワイより金婚旅行のはがきをいただき、ぼんやりしていた頭が少しはっきりしたようである。

鈴木さんより毎年の贈り物をいただく。亡くなられた鈴木さんのお母様を思い出す。後を盛大に続けていらっしゃるので、地下で喜んでいらっしゃるであろう。

（二〇〇八・一・二一）

＊

八時頃より雪となり今日の短歌の会を来週にする。まことに寒い。

珍しい蟹めしも十分には食べられない。食欲の出る薬は飲んでいるのかしら。

六十歳前後の各方面の地位のある男性がスカートをめくる種類の犯罪を犯し、警察沙汰になることが多い。本人は最後の名残りを惜しんでの行動だろうとあわれさを感じるものの、退職金や年金はもらえるのであろうかと私は心配する。

（二〇〇八・一・二三）

＊

# 忘れる

銀行に払い出してもらいたいと電話をかける。午後、伺いますとの事なので通帳、印等を一まとめにしてわかり易い所へ置く。

すぐに私は、いやいやここよりも前掛のポケットの方がわかり易いと移す。ところがポケットへ入れてしまうと、それをすっかり忘れてしまうのである。

暫くしてお手伝いさんにここに大事なものを置いたはずと探してもらい始めるが、何もない。何もないはず、ポケットの中へいれたのをころりと忘れてしまっているのである。

さんざん探した挙句、ポケットの中にあることを漸く思い出すのである。この物忘れを今までに何回繰り返したことか。自らしたことを何の理由もなく全く忘れてしまうとは不思議な現象である。脳の細胞がどうなるのであろうか。

これが嫁と姑との場合になると、

「ここに置いた財布を知らない？」

嫁は全く知らないので、

「私は知りませんけど、お母さん、ここではなく、どこかへ置かれたのではないですか」

「いいえ、ここへ置きましたよ」

「私は見ませんでしたけどね」

初めからなかったものは何度探してもある筈はない。わが家で嫁と同居していたら悲しい事が始まるかも知れないが、嫁は別の家にいるので、この事だけは起こらない。


（二〇〇八・一・二四）

＊

便秘で苦しみ、さつまいもをおやつにたっぷり四、五本食べた結果が良と出て、快便があり、やれやれである。何でも出過ぎて悪し、出なすぎてもよくない。

快晴で暖かなので午後二時頃入浴、久しぶりに気持ちよし。

近所の男の子を殺し、自分の娘を川へ落として殺した女は死刑と決まった。

彼女の場合、男性と生きてゆくには娘は邪魔者だったという思いが心の底にあったようである。人間とは自分の為には愛する子供を殺す残忍な気持ちがひそんでいると思うと恐ろしい。私の心の底にもこんな気持ちがあるのかも知れない。


（二〇〇八・一・二五）

*

早朝、篠崎さんより小包、おいしいものがたくさん、ありがたいことである。小島良子氏より「自習室―現代の俳句を読む」をいただく。

めったに杖に頼って歩かないが、客人の時は客間へ行くことにしている。昔から「立てば芍薬、坐れば牡丹、歩く姿が百合の花」と相場が決まっているが、私の場合、「歩く姿は何の花」になるであろうか、誰彼に私の場合歩く姿は百合の花でなく、何の花でしょうと尋ねるが、誰もかわいそうなのでか答えては下さらない。私は頭の中でへくそかずらの花を思い出しているが、どうしても名が思い出せない。

これを書いた後で本へ目をやると、へくそかずらという名が目に入った。これがいい、これにしようととっさに思った。

（二〇〇八・一・三一）

＊

寝巻きから常着に着換えるのに三十分もかかり、動悸、息切れの納まるのを待つ毎朝のならわしは、日毎に時間が長くかかるようである。すべてが思うように動かず、心ばかりがいらだつ。

今朝は猫を膝の上にのせて、何かの拍子に転びそうになり、机の上の茶をこぼしつつ小机と共に転び、膝の猫をほおり出してしまう。部屋の中でゆっくり転んだので瘤は出来なかった。猫はいやがって別の椅子へ逃げた。

（二〇〇八・二・二）

＊

時代は変わったものである。今日は節分で豆まきも各寺院で行われる筈なのに、新聞もテレビも何もそれにふれない。一世紀近く生きて余りの変わりようにあ然とする。

近頃珍しい昼の大雪。雪見障子よりの風情は格別である。

（二〇〇八・二・三）

雪の翌日は洗濯をしろと昔から言われているが、全くその通りである。今日は風呂日和と二時頃の入浴、体重三六・五kgと段々痩せる。体重が少ないと重い物を着ると体が動かない。

（二〇〇八・二・四）

＊

午前八時半眠りから覚める。このまま眠り続けたかったのに目が覚めてしまった。残念。快晴、猫は日向ぼっこ、残雪ざくざく。

食事の時、口がだるくなり物をかみたくなくなる。特にみかんを食べる時に口がだるくて、大好きなみかんの汁を吸うことが出来ない。

## 呼びりん

私は歩こうとするとよろめくし、足が前へ出ないので近くにあるものも自分ではとれない。そこでいつも手伝ってもらっている人を呼びりんを押して来てもらうことにしている。

大事な呼びりんである。

今日も今日とてお手伝いさんにしてもらう用事が出来たのでベルを押したいのに、どこかへいってしまって見つからない。仕方なく杖をついてよっこらよっこらと呼びにゆき、二人で部屋の中をくまなく探したが見つからない。

いつも心臓の苦しくなった時に服用するニトロールが入れてあるサロン前掛をとって見ると、上衣のポケットに赤いリボンでがんじがらめにしばってあるベルが見つかった。

なんだこんなところにあった、と二人であきれはててしまった。（二〇〇八・二・一〇）

＊

孫の千里さんをはじめとして私の誕生日を祝って下さる人七人集まる。泰子さんとその子、孫である。こんなに祝ってもらったのは初めて。（二〇〇八・二・一二）

＊

今日は快晴、日向ぼっこに最適。

今日九十八となる。何度も書くことながらも長く生き過ぎた。何の為に生きたのであろうか。でも祝いの品物や電話がかかって来て嬉しい。

孫等が祝ってくれる。感動して食事がのどを通らない。

何かをいつ誰にもらったものやらわからなくなった。それを記録するのもめんどうだし、秘書でもいれば、と考える。

若い僧侶によって金閣寺が焼失したのはいつだったであろうか。韓国の南大門が何者かによって放火され焼失した。馬鹿者がいるものである。

（二〇〇八・二・一二）

*

先日誕生祝をしてもらった時フードのついた上着を気にしながら着ていたのを見た孫から、色もよし大きさもよしのフードなしの上着を送ってもらった。三十六kgしかない程にやせているが、寒さ対策に着ぶくれている。

（二〇〇八・二・一四）

## 七十歳が適齢期

私はうかうかと九十八歳になり、明治、大正、昭和、平成と四代を生きていつおさらばをするやらわからず困っている。

一人では生きてゆけないので、誰かの世話になりながら食べさせてもらい、諸々の世話をしてもらっている。世話をしてもらうにも限度があり、自身のことを自分で出来ることが望ましい。

癌、その他の老人病になっている人は論外にしても、人間は七十歳あたりでほとんどの人がおさらばをしたら、病人の世話が出来ないからと九十くらいの親を殺す七十くらいの息子や嫁もいなくなるであろう。

大正時代は七十代で老人病になり死亡したものである。現代は医学が進歩して病気を征服することが出来るようになり、よかったような、わるくなったような時代である。

私は一世紀近くも生きているので体が動かなくなり、朝晩の食事が作れなくなり数年前から人様の厄介になっている。

仕事は出来なくなり貯金が日毎に少なくなってゆくので心細く、いつまでの命かと長生きを持てあましている。年金もあまりあてにはならず、やはり苦しまずころりと死にたいものである。

（二〇〇八・二・一八）

＊

色々と片付けをする。疲れる。南口のパン屋へ泥棒が入ったらしい。こんな田舎へも事件が起こるとは不景気になった事を意味する。

看護師学校生徒を伴って櫻井さん診察に。雑談後、本を生徒さんにあげる。わかるかしら。

（二〇〇八・二・一九）

＊

天気はよく暖かいが食事時一日に一回くらいは食道と肺との境の扉の動きがのろいのか食べたものが肺にゆき、むせて咳が出る。

## 時　計

やせて三十六kgの骨皮筋右衛門になり手首のあたりも細くなった。その為に時計はいつも手首と肘の間あたりにゆき何時かと見るのにシャツの袖をめくらなくてはならず不便である。

夜、風呂に入ると寒いので、いつも暖かい日の二時頃、脱衣所を暖め湯を出してのんびりと入浴することにしている。

ゆっくり暖まって出てからが大変である。身仕度をするのに体が思うように動かないし、ズボンをはいたり靴下をはくのに椅子に腰かけなくてはよろけたり転びそうになる。

夜、寝巻きに着換えて何時かと腕を見ると時計がない。昼間入浴後、鏡台の前にいつもおく時計を身につけなかったのかと鏡台のまわりを探してもらったがないらしい。昼間湯上がりの時に腕につけたかどうかはっきり覚えていない。

同じような時計がもう一つあるが、環を小さくしてもらうように頼んだので、目下時計なしということになってしまった。外出するわけでもないので不自由とは思わないが、いざというときは不便である。

（二〇〇八・二・二二）

## 歎異抄

早く消えたいとのみ思いくらしている私。ふと歎異抄を読み返したらと思い出し、何年か前のNHK人間講座「現代によみがえる歎異抄」を探して出し読み始めた。

二十歳頃は国家に反するものとして共産党の人々を検挙する時代であったので、党員だった友人が警察署へ連れてゆかれたのを知り、何とかやめさせてあげられなかったかと自分の力のなさを悲しんだ。

その苦しさをクラスの中村俊子さんが知り、知人で歎異抄を研究している波岡先生のところへ連れて行かれた。その時は不安で真暗な道を歩いているようであった。

ところが歎異抄の第三章の「善人なおもて往生をとぐ、いわんや悪人をや。しかる世の人つねにいわく悪人なお往生す。いかにいわんや善人をや」のところを説明されて私は急に心が明るくなり涙を催した。帰りの道は明るく照り輝いていた。その以後私は歎異抄に心を奪われてしまい、何とか一世紀近く生きて来たが、時に歎異抄より遠のいたり近付いたりしている。

今は遠のいているのであろうか。「自力のこころをひるがえして他力をたのみたてまつれば真実報土の往生をとぐるなり」と書かれているので私は間違っていた。凡てをお委せするしかない。

（二〇〇八・二・二二）

*

寒い朝、渡辺暁巳さんの句がNHKで入選されたので三チャンネルに回し待つ。紅梅という題。

紅梅や影に仄かな紅の色

見事な句である。私はいつも目に見えるものをあからさまに表わし、死を前提とした句が出てしまう。もっと明るい句をと言われても、どうしても暗い句になってしまうのは仕方がないとあきらめている。

物皆を吹き飛ばしたり春一番
春一番悲鳴もともに飛び去りぬ
悲鳴あげ何処へゆきし春一番

## 幻影

半月ほど前からか、はっきり覚えていないが、畳一畳より少し小さいと思われる白い薄い、引き裂いたような紙らしいものが、顔の前を行き来するようになった。音もなく

「すーっ」と通り過ぎる。

　私に何かを教えようとしているのであろうか。それにしても何も心にひびかない。顔の前を通りすぎると直ちに消えてしまう。顔の前を通る時に痛みもなく、音もせぬので不思議である。時々この現象が起こり、右からとも左からとも決まっていない。

　私の心のゆがみを何とかしてやらねばとの現象であろうか。

　私は理不尽な事や意地悪をされた事は何度もあるが、人をいじめたと思う事はないような気がしている。私をいじめていた人が亡くなって、悪い事をしていたとあやまる為にとんでいるのであろうか。無言なので何の事やら全くわからない。

　これとは別に決まった一枚の障子の向こう側に人の影がぼんやりと浮かぶ。その時は何となく気配がする。じっと見つめていると消えてしまう。誰であろうか、背の高い人らしく、男性のようである。

　このような現象に委しい人に説明してもらえたらと思うが、どなたかに教えていただけないかと願っている。

（二〇〇八・二・二四）

＊

「求めよさらば与えられん」と聖書の言葉にあるそうであるが、私はそれの恵みにあずかった。毎日のように世界のどこかで何かが起こっている。それなのに世界の中のどのあたりか全くわからない。本屋で一枚の大きい紙に世界地図が納まっているのを探したがない。それで大声で世界地図が欲しいと叫んだ時に、分厚い地図帳をいただいたが、全地球的な位置関係がよくわからない。大きい紙一枚の世界地図は本屋になかったが今はあるかな等と独り言を言ったのを聞いて下さった人から、望み通りの物をいただいた。これなら今、戦っているのはどの辺で、どこの国に近い等と位置関係がよくわかり、地図を読む楽しみが増した。

（二〇〇八・二・二五）

＊

眼鏡を何とかもっとよく見えるようにならないかとある店へ行き、色々と訴えたり教えてもらったりしたが、今の老眼鏡と拡大鏡の使い分けが最高とわかり、何も求めなかった。

食料品を求めたりと帰宅は正午過ぎ、短歌の会、疲れて頭が回らない。

針の針孔に漸く糸を雑巾に縫目不揃ひなれど縫ひそむ

金粉茶のひかるを一気に飲みほしておいしかったと世辞の一言
午前午後とは体が続かなくなった。　（二〇〇八・二・二七）

＊

篁がしなえるだけしなって風に従っている。寒い。

俊子さんは毎日をどうして過ごしているやら。逢っても話が通じないとは悲しい。私は猫かもしれない。日向ぼっこをしたり、ベッドの上で眠ったり。

今日はまだ幻影を見ないが、誰かの影なのであろうか。

　もの言はぬ幻影何処へすみれ咲く

郷内小学校長小橋誠氏より藤原明子様が、「ありがとうございました」の本を小学校へ寄付されたとの報あり、両方へ礼状を出す。

（二〇〇八・三・一）

＊

雛祭。町がさびれたためか、桜餅を供えようと買いに行ってもらったが、菓子類は何もなかったという。魚屋はなくなり、色々の店が閉店したので不便になった。

一週間前から庭の南側の篁の隣の何の木であったが、蕾か新芽が黄色に目立つようになった。傍へ行き何か確かめたいが、歩けない。

（二〇〇八・三・三）

雛を仕舞う。来年は逢えるやら。

　ことことわに若き雛や底冷ゆる

＊

十市さんより元気かとの電話。嬉しいことである。九十八になったとまず返事をする。近頃、幻影は現われない。何が原因で見えたり見えなかったりするのであろうか。

午後二時入浴、三十六キロ。

我家には猫三匹。二匹♂、一匹♀、♀のゴンちゃんは私の部屋で餌をやり一緒に寝ている。昼間♀を外へ出して日向ぼっこをさせていると♂の白黒がゴンちゃんの所を訪問。同じ箱で仲よく体を押しつけて眠っている。♂二匹はどこでも便所と心得ているので家の中へ入れてやれないのである。

ゴンちゃんは傍にいたかと思っていると外へとび出て、廊下の敷居の外に坐っている。硝子戸をあけるとゴンちゃん廊下へ入る。私が席を離れるとゴンちゃんはいつも私の席を占領してしまう。今日もとられてしまった。

（二〇〇八・三・五）

*

十市さんよりお茶カステラという珍しい菓子をいただく。おいしい茶とともに味わうのが楽しみである。どなたか見えないかしら。

（二〇〇八・三・八）

*

四、五日前に爪を切ったのにもう伸びて来た。爪のように私自身が元気ならあれもこれもしたいのに。

風が冷たいので庭へ出られない。色々な花や蕾が出ていると思うものの、見ることが出来ぬのが悲しい。

（二〇〇八・三・九）

*

久しぶりの雨。孝子さんよりはげましの電話、嬉しいことである。

島津さんより脳梗塞が全快状態になられたらしく、病中記を送って下さった。名文である。再発されませぬように。

（二〇〇八・三・一〇）

＊

大阪あたりでは筍が出たというが、家ではどうか。

（二〇〇八・三・一二）

＊

文芸四季来る。三浦さんと根本さんに便りを出す。

山田洋子さんより論文風の便り、仕事が面白くなられたらしい、よかった。

午後四時半頃、これを書いていると、引きちぎったような少し皺になったハンカチ大の白い紙らしいのが左半身を左の方へと飛び去った。あら、また見える。どこへ消えたかと思うだけのことながら気にかかる。

（二〇〇八・三・一四）

＊

雨上がりで暖かい。エアコンやめ。

連日ながら快晴なので下の庭へ。ゴンちゃんの案内でお手伝いさんと庭を半周する。一息ついていているうちに蕗の茎のありかを覚えていたので探してもらい、三、四個手に入れる。明朝が楽しみ。筍はまだ眠っている。

蕗の薹ここよここよと呼ばうなり

これを書きはじめた時は、左の目の前を左右分かれて白いハンカチ大のものが飛んだ。正体は何であろうか。

深夜、着換えをして下を見ると、足の甲がてらてら光りかわいらしくぽっちゃりしている。指で押すと大きな窪みが出来る。腎臓が悪いにしては尿は普通に出る。靴下のゴムが強すぎたのか。もともと左脚が冷たいので血行異状があるかと思っていたが、あまりの浮腫に驚く。

（二〇〇八・三・一五）

＊

足背の浮腫少々残すも大部分消失。

廊下で文芸四季を読んでいると、頭の後からハンカチ大の白い何かの切れ端が急にあらわれ消えた。

（二〇〇八・三・一六）

＊

黄蝶が飛んでいる。春になったのね。

墓参。墓で千里さんに逢う。途中で出逢ったらわからないであろう。墓苑を引っ越してからは歩いて来たことがないので墓の模様がわからない。助けられて墓前に。線香を忘れる。どうしようもない。二歳の幼女の私は凡てに覚束ない事ばかり。（二〇〇八・三・一八）

＊

篠崎さんより小包。ありがとうございました。

曇って来たと同時に寒くなった。久しぶりに入浴。銀行より残金高の知らせ、死ぬまでは何とかなるらしい。

白い紙のような得体のわからない怪物は現われない。何なのであろうか。不思議、不思議と思っていたら、ベッドへ入って暫くして、右の首のあたりから左の首へハンカチ大のものが飛んだ。少なくなったが、やはり私に付き纏っている。

桜が東京でも咲き始めたらしい。

（二〇〇八・三・二二）

＊

本職の植木屋があまりに高いので、ボランティアの人に声をかけたら、あまりに広いので大勢で見に来たという。楽しみなような不安なような。猫と庭を歩きたいが、風が冷たいので出られない。

（二〇〇八・三・一二）

＊

快晴とまではゆかないが、風がなく暖かい日。カタクリ、こぶし、紫大根、黄水仙も咲いて畑は賑やかである。寒くないので先日半分巡った残りの庭を猫とともに歩く。桜は咲く気配さえ見えない。毎年四月の十日近くならないと家のは咲かない事になっている。鯉は冬眠から覚めて餌を食べ始めた。春だ春だと浮きたっているようである。

（二〇〇八・三・二三）

＊

短歌の会、青木さんに電話をと思うものの面倒になってしまう。そら耳か蝉が鳴いているような音が聞こえる。

昼頃机に向かうと、三センチ巾の白い布らしいものが左右両方の後頭部あたりから顔の前に現われてすーっと消えてしまった。先日、澄子さんにこの話をすると、私もそうよ、金しばりに逢うこともあるという。霊感のある人にはこの現象が現われるという。私もその仲間なのかしら。

（二〇〇八・三・二四）

＊

朝新聞を読んでいると左側の顔より出て、離れて細い紐の小さな束がごじゃごじゃとゆれ動き、急にぱっと消えてしまった。

午後七時過ぎ、私はベッドに入っていた。ベッドは頭が西、足が東になるように置いてある。右側の顔の真上あたりからハンカチを対角線に切ったような白いものが急に力強く顔目がけて下りて来たが、顔に当たらないうちに消えてしまった。先日より趣きが全く変わってしまった。

（二〇〇八・三・二五）

＊

庭の桃、白桃、連翹の花の三色が鮮やかで美しい。

土に埋めていた盆栽を植木柵にのせてもらう。水をやるのを忘れてはならぬ。何かをしたい時は、その度に人に頼まなくてはならないとはわびしいことである。

夕方腰かけて俳句の本を読んでいると、膝のあたりから私の顔めがけてうすい白い小さな紙らしいものがふんわりふんわりとあがって来たが、口のあたりで消えた。

（二〇〇八・三・二六）

＊

昨夜大降りだったと言うのに、私の耳はあってなきが如しらしい。

多摩御陵のあたりまでは桜が咲いているが、こちら側は盆地になるのでどこも咲いていないと初めて聞いた。

鈴木さんに手伝ってもらって廊下の盆栽を外へ出すことが出来てよかった。

奥村さんに幻影のことについて返事をもらう、仏様の出現かもしれない。ナムアミダブツと現われる度に唱えるとよいと教えられる。

（二〇〇八・三・二九）

まだ咲かないと思っていた庭の桜が黙って咲いていた。

厚手の衣類を袋に入れ、墨で手の動くままに書き終えて見ると「寒防着」と書いていて、われながら笑いたくなった。

*

今日から後期高齢者なる者にならされた。長生きをして損をしたことになるやもしれない。何とかして老人から金をしぼりあげようとの魂胆らしい。

中国の靖国という映画上映が中止になったとか。中止になれば余計見たいものである。他国の人は靖国神社を何と思っているかを知りたいものである。

（二〇〇八・四・一）

*

中里先生より「芭蕉俳人の評伝と鑑賞」という本をいただいた。私は勉強嫌いで芭蕉も弟子達の句も何も知らないので、これ幸いに分厚い本を毎日読んでいる。そっくりそのままいただきたいような句もあるが、そういうわけにもゆかない。

（二〇〇八・四・三）

前にも書いたと思うが、とまで書いて、はて何だったかとわからなくなった。事ほどさように何でも忘れるのである。そのうち、思い出すまで待つことにしよう。

＊

友人の鈴木さんが手伝いの人と庭の掃除をして下さっている時に、見知らぬ女の人が、看板がなくなったがもう医院はやめたのですか、先生はお元気ですか、と尋ねられたという。

その人は父親の友人に父親が「安心して死ぬこともできない」という題の岡山県人が書いた本が為になるよと言われた。買って娘に与えられたその娘が私なのですと話をされて、玄関で話をしたり本を差しあげたりしたが、同じ岡山県でも離れている津山の人であった。せっかくなので住所、氏名、電話番号等を書きとめた。何度もここを通るのに今日は珍しく庭に人がいて色々話が出来たし、本をもらったり、何よりの日であったと喜ばれた。生きていると嬉しい日もあるものよと私も嬉しくなった。

思い出せなかった事はやはり思い出せないで新しい事を書いてしまった。忘れた事はつまらない事であったということにしよう。

（二〇〇八・四・四）

＊

外へ出ないので桜の様子はわからない。私は新聞をゆっくり読み、猫は昼寝。何もすることがないから、庭を歩いてみようかな。

雨が降らないからか筍は一本も顔を出さない、と言っても一度に二十本も出ると大変だけど。今年はどうしたのであろう。桜の花が少しばかり池に浮かんでいる。今日で五日目、もう散るのであろうか。

花はわれかわれは花かや花吹雪

と書いた頃の元気はどこへ行ったやら。すっかり凋んでしまった。

桜は真下から見ると花がはっきり見えない。遠くから眺めると山をバックに全容が見えるから美しい。遠くから眺めるに越したことはない。

食事を残さず食べるようになったからか四十キロになった。でもまだ、腕は血管があちこちに浮き出している。

（二〇〇八・四・五）

＊

朝食三分の一。後へ向けば茶道具があるのに、めんどうで飲みたいのを我慢している。

猫を見ているると何かを要求するのに言葉がないので態度で示している。こちらで察してあれこれとしてやるとそれに従う。わかってもらえたか嬉しいといわぬばかりに動作を起こす。桜はまだ咲いている。桃、白蓮が庭を色どっている。

（二〇〇八・四・一二）

＊

今日は起きてふらふらでも歩いてみる。
中里先生より「歌集　寂光」をいただく。大変な労作である。
筍を下手に掘る。筍掘りはむずかしい。あれこれと心にしみ渡る事に出逢う。

（二〇〇八・四・一四）

＊

玉木さん、松本喜和子さんより便り。日比、坂詰さん久しぶりに来訪。
久しぶりに逢う人に「私大分変わったでしょう」と聞く。相手は答えに困って言葉をにごしているのを、私は正直な人か、そうでない人かと見きわめている。人の悪いこと。本当は日増しに弱っているのを十分承知しているのに、人にかまをかけているのである。

（二〇〇八・四・一六）

＊

カタクリ、一輪草と障子の外、咲きつぐ。次は山吹草の黄色が見られる。

ゴンちゃん掛布団の上におねしょ。早くわかったので湯上げと布団にかけていた敷布が少しぬれただけで、布団に実害なし、よかった。

一時過ぎより雨となる。猫のゴンちゃんがいない。昼頃よりいつも廊下の外の植木棚の上に寝ている筈なのにいない。今三時、こんなに長く姿を見せないことはないのに、どこへ行ったのであろう。早く帰っておいで、雨にぬれるよと叫ぶ。

三時半頃ひょっこりゴンちゃん現わる。どこにいたの、心配させないでねという。猫は「たまにはどこにいるのかわからなくて心配させるのもいいものでしょう。ぼんやりしていられなくて」と思っているかも知れない。動物がいると変化があって心を和ませてくれる。

安野抹美世さんより「花ありて」の御本をいただく。立派な御本である。

（二〇〇八・四・一七）

＊

猫ちゃん昨日のことを忘れたのか、布団の上で丸くなって寝ている。昨日は近寄らなかったが。

藤の花が咲きそうなので、私の見える所へ移してもらう。昭和五年、夢を抱いて女子医専へ入学した五月頃咲いていた事を思い出す。

（二〇〇八・四・一九）

＊

十年近く前のこと、枝垂れ桃の種を物置の前に埋めた。小さい木が伸びはじめて四・五年たち成長を楽しみにしているのに、植木屋の係の人が枝が伸びると切ってしまい、枝垂れることはなかった。その人が病気になり、四、五年見なくなってからは二メートル程に伸び、枝垂桃の恰好になり花が咲いている。

今、何かを書くつもりで考えていたのに、その事を考えているうちに忘れてしまった。これは私の得意とすることである。

（二〇〇八・四・二〇）

＊

森青蛙鳴き始めた。

戸田さん渡辺さんに遅れた返事を書く。

長野の聖火リレーを見る。今までなかったのではないのかと思う程の警備体制である。

午後三時頃より背中全体が痛む。心筋梗塞の症状が起こり診察を受けたいと思った。澄ちゃん来て下さる。医療センターへ電話をかけたが五時過ぎていたので断わられた。そのうち痛みは少し楽になった。櫻井さんに来てもらうことになり、澄ちゃん帰る。酸素マスクをかけたまま眠る。心臓が痛いのはよくないが、死ねると思うとほっとした心もあり、複雑である。森青蛙の卵塊出来る。


（二〇〇八・四・二六）

＊

木々の新緑が美しい。

北朝鮮の聖火リレーは何事もなく終わったという。

陽子先生に俳句をやめる旨便りを出す。色々と教えていただいたが、頭が働かなくなったので、悲しいことながら仕方なし。


（二〇〇八・四・二八）

＊

孫、千里と娘と二人葉山より来る。指輪の作り方を研究している孫に指輪を。どんな人間になるやらと楽しみ。

高津さん、孫を連れて今年で三回目。筍掘れたかしら。

息苦しいので酸素吸入をしながら眠る。

（二〇〇八・四・二九）

＊

庭の木々の緑が日毎に濃くなる。大でまりの花の白さが増して見える。

幻影は枕を中心に動く。枕の両側から現われ二、三十センチ飛び急に消える。もしかしたら私の心が飛び出すのであろうか。

女子医専卒業生の人より、私の本を読んだ、今年中に自分も本を出すから送るとの手紙をいただいたので、返事を出さなくてはと裏を見ると肉筆でない字がぎっしりと押されていて差出人名がよくわからない。住所は肉筆で大きくはっきりがよいと老婆は思っている。

（二〇〇八・四・三〇）

＊

遠山師に俳句をやめる由の手紙を出した、その返事が来る。やめぬようにとのお誘いである。それにうまくのれればよいが、のってみようかな。直接送って添削してもらえると人様に迷惑をかけなくてすむ。

（二〇〇八・五・二）

＊

私は新聞に物申したい。近頃は人殺しや自殺の方法を委しく書き過ぎているので、真似をする人が出るように思う。あまりに方法とか材料を委しく新聞に書かないでもらいたい。又、自分が死ぬのは仕方ないが、薬品を使って他人に類を及ぼすことがあるのも知ってほしい。

（二〇〇八・五・四）

＊

端午の節句。又、物忘れ。卵塊を作る蛙の名前を思い出せない。何と言ったっけ。ああ、じれったい。

菅原さん、お孫さん二人と来訪。美人揃い。一時間くらいで漸く森青蛙と名前を思い出した。思い出しただけでも自分をほめてやりたい。（二〇〇八・五・五）

＊

しゃが、君子蘭、孔雀サボテン、一二月一五日にもらったシクラメンが美しく咲いていている。下の庭のマーガレットはなくなったが、上の庭で今を盛りと咲いている。盆栽の手入れをしてもらわないとと思うものの、人様に何かを頼むのは大変なことである。漸くうちで働いてもらっている人に筍を分配、盆栽の手入れをしてもらう。わが家で初めて筍を煮る。人様には配ってもわが家は一番後とは。（二〇〇八・五・七）

＊

長男の死よりもう五十年の法事、私の足では出席出来ず失礼する。長男に生まれながらも気の毒な一生であったとつくづく考える。父親の職業が勤め人であったら人生が変わっていたかも知れないと思うと、短い人生であった事を痛ましく思う。（二〇〇八・五・一一）

＊

いつも来る人が腕の骨折をしたから出来ないとの事で、昼食をヘルパーに頼む。何日か見えなくなっていた空に浮かぶ白い雲のようなものがまた見え出した。顔のまわりをはね飛ぶ。

正午過ぎ晴れて暖かになる。料理はあまかったり、からかったりまるで天気のよう。車椅子を頼んでいたが、こじんまりしたのが来た。

（二〇〇八・五・一四）

＊

久しぶりに庭へ出てみる。紫、白のあやめが手入れもしないのに美しく咲いている。クローバーの花盛り、色々な草の芽が手足をのばしてくる。木香ばら、小でまり、大でまり、アイリス等雑草の中に咲いている。

草とりをしてもらおうと、これを抜いてと教えても絶対に思い通りにはゆかず、大事な物が抜かれてしまう。世の中とはこんなものなのかと言ってばかりはいられない。こまかく頭を働かせる人を育てるような教育家はいないものだろうか。

（二〇〇八・五・一七）

蓮池が水涸れしていた。とりあえず水を入れる。蓮の葉が五、六本見えるが、大賀蓮もこうなると哀れである。

猫のゴンちゃん部屋に入りたいし、私は入れてやりたいが、せっかく外の猫にしたのにと文句を言われる。ゴンちゃん一緒にたまには遊びたいものね、と私は心で叫んでいる。

前の池の卵塊を見にゆく。折りよく、鉛筆の太さの三〇センチの茶色なやまかがしが上手に泳いでいるではないか。何年ぶりかに見て嬉しくなった。蝌蚪のいることがよくわかるものである。

（二〇〇八・五・二六）

＊

マンションに住んでいる若い女性を狙い、女性が部屋へ入った後について部屋に入り、かねがね狙っていた行為をした後で殺してしまう事件が多い。殺さなくてもと思うが、顔を見られているので都合が悪いのであろう。

明治四十年頃の法律を未だ使っている裁判所の刑は殺人を犯してもめったには死刑にはならないらしい。私は死刑は反対で終身刑で一生殺した人の菩提を弔ってもらいたいと思っているが、概して罰は思ったより軽いようで、世の中へ出てまた何かをするのではないかと心配である。

（二〇〇八・五・二八）

＊

何を考えるでもなくぼんやりしている。

私のように呆け始めている人間をいつまでも独りにしておくと、本当に呆けてしまうのではないかと思う。誰かと言葉を交わしていればそれを遅らせることが出来ると思う。

船場吉兆が店を閉じることになった。残りものの料理はもったいないと思うけれど、客の息が吹きかけられている。肺結核の人だったらどうなるのか、恐ろしい。

二時半頃、猫のゴンちゃんが散歩をしようと廊下の外へ来た。一人で退屈していたので部屋にいれて勝手に動きまわらせる。もの言わぬ猫でも私を慰めてくれる。

（二〇〇八・五・二九）

＊

蜻蛉を初めて見る。腰かけて新聞を読むと腰が痛む。外を歩くと気分が変わるかと、杖を頼りに猫をつれ前庭の蝌蚪を見るために出かける。大分増えたが、まだ枝の卵塊の中らしく少ない。今年は時計草が枯れた。

休んで東方を見ると、名を知らない木の頂上に白鷺が休んでいる。私は見下ろされている。絶景じゃ絶景じゃ、と見ているのかも知れない。

（二〇〇八・六・一）

＊

久しぶりに本箱をのぞいたら十返千鶴子先生の「上手な年のとり方、とられ方」という本を見つけた。本のある事さえ忘れており、内容は全く覚えていないので、読み返した。

暖かいので三時頃入浴、あいにく、奥田、森さん訪問だったとか。運の悪いこと。

（二〇〇八・六・七）

西の塀側の紫陽花の葉が穴だらけ、でも虫の姿は見えない。朝にならないうちにどこかへ行ったのであろうが、少しはなれた木の葉は何ともないのに不思議。

かたつむりはもう二十年も前にわが家から姿を消してしまった。どんな異変があったのか。

*

昼前、三浦さんより電話。久しぶりで嬉しいが、動悸、息切れで苦しい。受話器を持つだけで心臓が踊る。

十返千鶴子教室だった吉田さん秋山さんより久しぶりに電話、白寿を祝って下さるという。私は仕合わせ者だったようである。

テレビを見ていると、あら私ここへ行ったわと思い出すことがある。東アフリカのケニヤ、タンザニア、ウガンダ等で、沢山の動物を見たり、ロッジで夜中に象に起こされて窓をあけてびっくりしたり、足で廊下の拭き掃除をしている黒人の男を見たり、頭の上に棉の実をのせて歩くたびにぽろぽろ落としている女も見たし、世界で一番背の低い種族といわれるピグミー族に逢いに行ったら、乾燥しているのに入浴をしないので体臭に悩まされた。ピグミー族の子供にハーモニカに似たものを買えとつきまとわれて、困ったことを思い出す。

（二〇〇八・六・一二）

＊

朝食をとったのに忘れて居眠り。八時四三分頃、東北地方で地震。テレビは地震の速報で大変。

知人が二人で見舞って下さると、耳の遠くなった私には二人の話は聞こえないので、部外者のようにぼんやりと隣に坐っている様は何と言ってよいのか。話の輪の中に入れないから悲しいやらくやしい。のけ者にされているようで耳の悪い本人はひねくれ者になりそうである。

（二〇〇八・六・一四）

＊

遠山さんより桜桃日本産送らる。

桜桃の心を胸に抱きしむ

話し合ふ声の聞えずさつき晴れ

目も耳も退化の一途さみだるる

日本庭園ほしいままなり月見草
揚羽蝶見えず地球の異変かと
三浦さんの絵手紙、すばらしい。
（二〇〇八・六・一七）

＊

朝食後相変わらず眠い眠い。椅子に腰かけたまま体を崩さず上手に眠っているらしい。ブラジルへ移民百年の記念式典に皇太子様が行かれた。百年というのに驚いたが、ふと考えて見ると私も九十八になっているではないか。移民百年に驚くことはない。私はブラジルの位置を、大西洋側ではないと思い違いしていた。サンパウロとか名を忘れたが、弓形の港、帰りの空港でカーニバル用に下駄を送ってくれと言われたのを思い出す。

（二〇〇八・六・一八）

＊

便所の中が広いのと扉がすべり易く、転びそうなので、転ばぬ先にと部屋で椅子式の便器で用をたすことにする。いよいよ人に仕末をしてもらうことになった。情ないけれど仕方がない。そのうちおしめになるであろう。

眼鏡代わりの拡大鏡がいつもどこかへ行ってしまう。毎日拡大鏡探しをするが、懲りずにまたどこかへ置いてしまう。どこへでも置くのがよくないのは分かっている。仕方なく少し重いかわりのものを使っている。

（二〇〇八・六・一九）

*

今朝は暖かい。池の水が急に濁ったり澄んだりするのは何が原因であろうか。

時々硝子戸からのぞく猫のごんちゃんが、今朝顔を出したので部屋へ入れる。障子を破っては駄目よ、もう入れてやれなくなるからね。私はいつも傍にいてもらいたいから。

猫が身づくろいしたり長い時間をかけて化粧をする。それが終わるとお手伝いのいる部屋へ行くらしい。するとすぐに外へ出される。暫くするとゴンちゃんは私の部屋の硝子戸越しに顔を見せて、入れてよとじっと見つめる。戸を開けると飛びこむ。私の膝に上がったり、机の上に坐ったり。それにもあいて別の部屋へ行き追い出される。それを何度も繰り返す。

（二〇〇八・六・二〇）

＊

久しぶりに玄関前の小さい池の森青蛙の蝌蚪を見ようと、猫のごんちゃんを連れて露のある草の上を歩く。十日ぐらい前に苗を植えた朝顔が、まだ蕾にはならないが大分伸びた。一週間もすると蔓をからませる垣根を作らなくてはならない。

大賀蓮の池の手入れをしたので蓮の葉が大きく立派になったが、花は咲くであろうか。立派な花を見たいものである。漢字を忘れたので仮名で書くが、ぎぼうしの蕾が出はじめた。小さい池の森青蛙の蝌蚪はまだ大小入り混じり泳ぎ回っている。手、足が出来てどこへ行くのであろうか。夜になると床下で猫と狸の争いが起こり、池の森青蛙は鳴くし賑やかなことらしい。

（二〇〇八・六・一二）

＊

文芸四季が来る。返事を望んでいる幻影に反応があるであろうか。楽しみと不安が渦巻く。別に外に数通手紙が来たので嬉しくて、暑いとか寒いとか文句は言えない日であった。

（二〇〇八・六・一七）

＊

例の如く朝食後眠い。眠い時は眠ることにしようか。九十八になったのだから自然にさからわない方がよいかも知れぬ。

少し動いても動悸、横になった方が楽かと思うとさにあらず、余計苦しいので起きて腰かける事にする。

くちなしの白い花が緑の中で目立つ、花が咲いても誰も知らせてくれる人なし。

午後紫陽花を見ようとゴンちゃんと下の庭へ、石段の下でストップ。

夏萩咲く。きすげは蕾。まだ森青蛙は卵塊を作っている。庭を一周したいが濡れるのでやめる。

（二〇〇八・六・三〇）

＊

近頃は落書が流行しているらしい。新幹線や外国の建物にまで日本語が書かれているのを発見され、日本人の道義や教養のなさがあらわになった。教育のあり方を私は問いたくなる。

（二〇〇八・七・一）

＊

午前六時頃より頭がくらくらして歩けない。血圧一九〇、心筋梗塞ならよいが、脳梗塞では困る。手足が動かず涎をたらしてあああと言いながら生きているのはいやだと考える。櫻井さんに来てもらったり大騒ぎ。昼過ぎはふらふらしなくなり助かる。

（二〇〇八・七・二）

＊

今日は何とか過ごせるらしい。昨日は様々な死を考えたが、楽にと望む。欲ばりね。伊村さんより電話、ドイツから帰られた由。

八王子生まれの女流画家原光子展が開かれているらしい。足が丈夫なら見に行きたいのに残念。曇った日は私には鬼門である。

（二〇〇八・七・二）

## 七夕

今日は七夕様。大正時代の七夕を思い出しつつ書いてみることにする。

七夕の朝は里芋の葉にたまった露をこぼさないように集めて硯の海の中にいれて、念をいれて濃い墨汁を作り筆を整えて、五センチ四方の障子紙を作り、何と書いたが忘れてしまったが漢字一字のような記憶がある。

その紙を逆にして出入口の柱に貼りつけた。害虫、百足、蛇等が部屋の中へ入らぬようにとのおまじないである。

竹をとって来て、七夕様、天の川などと書いて賑やかに竹の小枝に結びつけ門口に杭を作りしばりつけて五色の紙が風にゆれる美しさに見とれた。

二、三日七夕かざりを眺め、願いが叶うように祈りつつ川へ流しに出かけた。川の水は少なく流れようとはしなかった。短冊に天の川、織姫様、と夢多い少女は何の夢を見て書いたのであろうか、考えても思い出さない。まさか九十八までも生きていようとは思いの外であったし、医者になろうとは思ってもいなく、はねまわっている少女だったような気がする。

（二〇〇八・七・七）

＊

今日は私の厄日、朝食の時、食道の入口に最初に食べたものがつまった。近頃働きがにぶったのか三日に一度はこの病状が起こり一時間くらいで楽になるので、食事時間のかかること。

低気圧の日は気分悪し。

昨日は入浴をしたり元気であったのに、いつ急変するかわからない。

毎日のマイナスかさなる梅雨末期

伊藤さん今日も片付けに来て下さる。

（二〇〇八・七・九）

＊

晴れたので今日は気分よく、血圧も昇らず大助かり。

手紙の整理をすることが出来た。昨日は生きた気分はしなかったが、低気圧とは恐ろしいものである。

伊藤さん部屋の片付け、そこへ鈴木さんが尾瀬から、又日比さんも見えて大掃除、私は何も出来ないので大助かり。

植田由子さんと小ヶ倉さんに返事。

どこかの小学校の校長等が就職の為の物品を受け取り、学校に校長不在のおかしなことが起こったらしい。こんな事は昔からあったのではないか。

（二〇〇八・七・一一）

*

朝から無風状態、暑い。心臓手術の時のような左背部の痛みをそのままにして夜、大発作が起これば、即死かと試みて見ることにしたが、痛みはうすらぐ。

十四歳の中学生によりバス乗っ取り事件が起きた。何ということであろう。親に叱られたから困らせたかったと言う。短絡的な少年である。

犯罪が段々低年齢化している。考えなくてはならない。

（二〇〇八・七・一七）

＊

今日は山田さんが見えるというので安田さん大はりきり。本当だったかしらとあやしくなる。山田さんから茶をいただく。努力して働いていらっしゃる様子が頼もしい。
山田さんに逢って元気が出た。文庫本を読む元気が出た。
午後六時に小雨、涼しくなる。

（二〇〇八・七・二一）

＊

気分がよいので俳句の本を読んでいる。今日は「大暑」という。

猫も犬もあえき居るなり今日大暑

櫻井さん澄ちゃんと見えて忙しい。一日何かを読んで過ごす。

（二〇〇八・七・二二）

＊

昼寝をしていて急に苦しくなり医療センターへ行ったが診察券、保険証がない。近頃物忘れがひどくなり自分で自分を律することが出来ない。誰かに重要書類は預けておかなくてはとしみじみ思う。

診察券等はとりあえず探し出さなくてはならない。早速困ることが今夜にも起こるかも知れないのである。

（二〇〇八・七・二三）

＊

今日も暑い。冷房の傍にいても暑い。月見草が揺れるほど風は吹いているが、部屋へは入らない。

今日は午前零時二十六分頃岩手県に震度六強の地震、被害が少ないとよいが。

本や新聞など、近頃の文章の中にカタカナが多い。何も日本語で書いてもよいものを、又話をする時もカタカナを使う。使うと知識人と思われると考えるのであろうか。かっこして日本語が書いてあるのもおかしい。私も既に日本化した言葉は使うけれど。日本語を大切にしたいものである。

（二〇〇八・七・二四）

＊

朝二十六度、やせているので寒く重ね着。朝は曇り空、雨よ降れ降れである。日本人の平均寿命、女は八五・九九、男は七九・一九と発表され過去最高とか。

昨日より牛乳、卵等値上げ、何もかも値上げでは食べられなくなる人もいるであろうに、生活に困る人のいない世の中でありたいものである。働きたくない人の場合は自業自得であるが。

伊藤富美子氏色々みやげを持って来て下さる。ありがたいことである。

保険証と老人の書類を失ってしまった。私は城山病院へ行った時に渡したが、返してもらった気がしないので、病院の受付にあるような気がするか、再交付を願うことになった。

（二〇〇八・八・一）

＊

昨日は三二度で一番暑い日であったが、今日は汗が流れた。

呆けて忘れて、ついでにという事が出来ない。ポストへゆき、はがきを買うのを忘れる。

どうしようもない。急速に頭の中は変化しているらしい。

狭い所の汚れを掃除してもらいたいが、そこまでは気がつかないので、息を切らしながらゆっくりときれいにする、何でもしてもらえると思うのは贅沢というもの。

八十齢そこそこで少しは動きながらある日突然というのがのぞましい。

冷房で表面は涼しいのに中身が暑い変な感じ、体は何を表現しようとしているのであろうか。

細々と蝉が鳴いている。去年よりは声が大きくなった。蝉の穴も多いのであろう。

NHKでシルクロードを永々と映している。私は一度も行かなかったので残念。

（二〇〇八・八・三）

*

ここ四、五日尿を出して間もなく又出したくなり相当な量出る。尿の残留がわからなくなったらしい。

今日が一番苦しい。一人で死んでいる人もいるかも知れない。私は一人でないだけ仕合わせか。

体重三十六キロ肥れない骨あるのみ
　朝顔の花の紫露こぼす
川合さんより電話。温度高く息苦しかったが、夜夕立となり少し楽になり眠る。
（二〇〇八・八・四）

＊

午後二時前、ドスンドスンと腹の底まで響く雷鳴。五、六回に連れて大雨降り出す。光ったと思うと雷鳴、近くまで雷様が来ていらっしゃるらしい。

池の水量が増えて鯉は喜ぶことであろう。

（二〇〇八・八・五）

＊

オリンピック始まる。

不景気風吹き始め、どうなる事やら。ますます老人は暮らし難い世の中となる。

十時頃震度四の地震、一ゆれでその後何も起こらない。

寝るとベッドは谷底になり冷房はきかないので椅子の方が涼しい。

## あわや死ぬところだった

便所で用達しを終わり扉を開けて廊下へ出ようとした時に、広い便所の中で足がからまり、後向きに強い力で倒れそうになり、とめようがなかった。「いよいよ死ぬ時が来た、このまま後に倒れたら必ず死ぬ」と瞬間思いながら勢いよく後へ倒れた。ところが背中が便所の柱に支えられて、気がつくと柱にぴたりともたれており、私は倒れなかった。倒れていたら後頭部をいやという程廊下にぶつけて即死していた筈である。

毎日のように早く死にたい、世の中の為に何も出来なくて生きているのは心苦しいと考えているので、いよいよ今日は目的を達することが出来たと一瞬思っていたので、驚くやら、私はまだ生きていなくてはならないわけがあるのかと思ってしまった。何かの役に立つことがこれから出現するのであろうか。

（二〇〇八・八・七）

〈著者略歴〉

小林　清子（こばやし　きよこ）

1910年　岡山県生まれ。

1935年　東京女子医学専門学校卒業。
医学博士。

1982年　中里富美雄先生に師事し、随筆を学ぶ。著書に「ありがとうございました」「いつ死ぬかわからないから」「安心して死ぬこともできない」（小社より出版）などのエッセイや俳句、短歌の出版もある。


# 私は百歳・生と死を見つめた女医の一世紀

平成二十年十一月一日　第一刷発行

著　者　小《こ》林《ばやし》清《きよ》子《こ》
発行者　石澤三郎
発行所　株式会社　栄光出版社
郵便番号　一四〇―〇〇〇二
東京都品川区東品川一―三七―五
電　話　（〇三）三四七一―一二三五
ＦＡＸ　（〇三）三四七一―一二三七

検印省略

印刷　江戸川印刷所
製本　田中製本印刷





ISBN 978-4-7541-0112-1